発情＋熱情
短編集

岩本 薫
Kaoru Iwamoto

「情」
~Emotion~

「情」～Emotion～

岩本　薫

Illustration　円陣闇丸　北上れん

この物語はフィクションであり、
実際の人物・団体・事件等とは、いっさい関係ありません。

熱情

熱情シリーズ

Illustration: 円陣闇丸

織田兄弟を縦糸に描きだす、男たちの熱情。
ときにセンシティヴに、
ときに闇雲に、彼等は恋に溺れる。
それは不思議にあまやかでエロティックで――。

秘めたる熱情をテーマに、キャラクターがリンクしていくシリーズです。芸能プロダクション社長、アイドル、教師、刑事、キャリア警察官、ブランド広報と職種も様々で、職業ものの要素も含まれています。とはいえメインはやっぱり恋愛。特に攻たちの各受に対する情熱・執着が、タイプは異なれど大変に熱いです。不器用で情熱的な恋愛ドラマをご堪能ください。　―岩本 薫

不器用な純情

大学時代の後輩・織田と久々に再会した北巳。今は大手商社のエリートになった織田の、寡黙な、しかし激情を秘めた眼差しに震え…!

好きの鼓動《ビート》

「大和が手に入るなら、他は何もいらない」日本中を熱狂させるスーパースターの悠介は、熱っぽく囁いて、硬派で奥手な大和を独占しようとして!?

不遜で野蛮

「その調子で、隣にエロい声聞かせてやれよ」警察官僚の上條は、強引な刑事・織田と男同士のカップルを装って住み込み捜査をすることになり…。

騎士《ナイト》と野獣

超エリート・奎吾と人気モデル・大雅。タイプの違う美形の弟二人に愛される真海は、抵抗しながらも二人の手に感じさせられてしまう。彼等の恋の行方は?

「おまえが本当に
俺のものだなんて……。
信じられない。
絶対に……
手に入らないと
思っていたから」

好きの永遠

約七時間のフライトを経てホノルル国際空港に到着したのは、八月の最終週の日曜日、午前九時だった。

「ご搭乗ありがとうございました。またのご利用をお待ち致しております」

フライト中、細やかな気遣いをしてくれたファーストクラス担当の客室乗務員ににこやかに送り出され、柏木大和《かしわぎやまと》は乗降口からボーディング・ブリッジへと足を踏み出した。

エアコンの効いた機内よりは明らかに温度が高いが、日本と違って湿気が少ないせいか、不快に感じるほどではない。まだ午前中なので、これから徐々に気温が上がっていくのかもしれないけれど。

「天気よさそうだね。ハリケーンの影響があるかもしれないって話だったけど、晴れててよかった」

横に並んで歩く悠介《ゆうすけ》が明るい声で言う。

「そうだな」

今日も入れて現地に滞在できるのは三日間。そう思えば初日から晴天に恵まれたのはラッキーだった。

「フライトどうだった？　ちゃんと眠れた？」

ブリッジからターミナルビルに差し掛かったあたりで、悠介が尋《たず》ねてくる。

「眠れた。四時間くらいは眠ったと思う」

正直なことを言えば、生まれて初めてのファーストクラス体験に、緊張やら興奮やらで、はじめの数時間はリラックスどころじゃなかった。

だが食事の際に呑んだシャンパンが思いの外《ほか》回ったらしく（たぶん気圧のせいだろう）、機内の照明が落ちてほどなく、いつの間にか寝落ちしていた。その後は途中で目が覚めることもなく、朝食の際に客室乗務員に声をかけられるまでぐっすり眠っていた。

大和の返答に、悠介がふわりと笑う。

「そっか、よかった。機内で寝ておかないと、今日一日動くのがきついからさ」

「やっぱファーストのシートって全然違うよな。俺、飛行機の中でこんなに熟睡したの初めてだった」

前後左右を気にする必要のないゆったりとした空間に、頭から足の先までフォローする広々としたリクライニングシート。寝具は羽毛の枕とデュベ。

さらには担当の客室乗務員が付きっきりで、至れり尽くせりのサービスをしてくれる。

食事も、有名シェフ監修のフルコースが一皿ずつサーブされた。ワインやシャンパンなどのビバレッジも飲み放題。グラスはバカラだし、カトラリーもちゃんとシルバーだ。

いつもキツキツに詰め込まれたエコノミー席から、あのカーテンの向こうはどうなっているんだろうと想像していたけれど、実際に経験するとまさに別世界だった。

いまとなっては悠介がファーストクラスにこだわった理由もわかる。

(けどまぁ……その分チケットの値段も桁が違うわけだけど)

庶民の自分はすぐ料金の心配をしてしまうが、悠介の頭には、端《はな》からエコノミーという選択肢はなかったようだ。

この夏、ひさしぶりに悠介が少しまとまったオフを取れることになった。とはいえ何週間というわけにはいかない。正味《しょうみ》五日間だが、それだって事務所から見れば大盤振《おおばんぶ》る舞いに違いない。「松岡《まつおか》悠介」の過密スケジュールをやりくりしてどうにか五日を空けるために、たぶん事務所社長の北巳《きたみ》さんとマネージャーの織田《おだ》さんが奔走《ほんそう》したはずだ。

こんな大盤振る舞い、次はいつあるかわからない。

大和が教師として勤務する学校も夏期休暇中なので、せっかくだから旅行――できれば海外でまったりできるリゾート――にでも行こうかという話になった。

張り切った悠介が、「よし、仕切りは俺に任せて」と言うので任せたら、こっちには事前の相談もなしに行き先をハワイに決め、エアも勝手にファーストクラスを押さえてしまった。

近場の海外で、なおかつリゾート地となれば限られるだろうし、ハワイというのはまぁ妥当な線だとしても。

「ファーストなんて贅沢《ぜいたく》すぎ！　必要ねーよ！」

二十代の自分たちにファーストクラスは分不相応だと主張して、かなりやり合ったのだが、悠介は「今回は俺に仕切らせてよ」の一点張りで、頑《がん》として譲《ゆず》らなかった。

その時は頑《かたく》なな悠介に腹が立ったが、あとになって頭が冷静になり、悠介の選択は間違っていないのかもしれないと思い直した。

あの松岡悠介がエコノミーに乗っていたら、えらい騒ぎになる……。

航空会社だって迷惑だろう。

自分といる時の悠介があまりに自然体なのでついうっかり忘れがちだが、恋人は若手実力派俳優で、日本人の誰もがその顔と名前を知っているトップクラスの芸能人なのだ。

そんな相手とつき合っている以上、多少の不自由を強《し》いられるのは致し方ない。

どうやら悠介は、今回の旅費はすべて自分で持つつもりのようだが（エアもホテルも、大和の分を立て替えてクレカで決済してしまった)、いくら悠介の年収が地方公務員の何倍(下手すると何十倍?)あろうとも、大和としてはふたりの関係が対等でないのは嫌なので、その件については折を見てきちんと話し合うつもりだ。

同居生活も一ヶ月が経過し、恋人の感覚が一般人の自分とずれているのを実感することがちょいちょいある。このズレが、ゆくゆく自分たちの関係にシリアスな問題を引き起こすようでは困る。

このあたりできちんとルールを定め、手綱《たづな》をしっかり締めておかないと。

(何事も最初が肝心だからな)

改めて心に刻みつけていると、少し先を歩いていた悠介が振り返った。飛行機を降りた直後に、芸能人の必須アイテムとも言えるサングラスは装着済みだ。

「大和?」

考え事をしていて遅れを取っていた自分に気がつき、「おう」と応える。バックパックを背負い直し、足を速めて恋人を追いかけながら、ふと気がついた。

(そういえば)

こんなふうに悠介とふたりで旅行するのって初めてじゃないか?

悠介が留学していた頃に、留学先のLAに遊びに行ったことはあったけれど、あの時は周りにいっぱい人がいたし、旅行っていう感じじゃなかった。

アイドル時代はとてもじゃないけどそんな余裕がなかったし……。

「そっか、初めての旅行か」

ぽつりとひとりごちる。

とたんに気分が浮き立って、そんな自分に大和は苦笑した。

VIP専用のイミグレーションカウンターを通り抜け、入国ゲートから出る。

ピックアップしたバゲージを積んだカートを押し、悠介と大和はまっすぐレンタカー会社のデスクへと向かった。

日本で予約してあったらしく、悠介がクレカを見せるとすぐにキーを渡してもらえる。夏休みといっても、ペーペーの自分は研修や部活の立ち会いなどで忙しく、今回は「任せて」と言う悠介に本当におんぶに抱っこで甘えてしまった。

スタッフに案内された駐車場で、悠介が借りたレンタカーを見た大和は思わず立ち尽くす。

アメ車のオープンカー。

しかもボディは目に眩《まぶ》しいレッド！

艶々《つやつや》したボディのあまりの派手派手しさに怯《ひる》む大和を尻目に、悠介はさっさと荷物を後部座席に積み込み、運転席に乗り込んでしまう。助手席のドアを開け、突っ立ったままの大和を手で招いた。

「大和？　なに突っ立ってんの？　早く乗りなよ」

「お……おう」

促され、おっかなびっくり助手席に乗り込む。こんなド派手な車に乗ったのは、生まれて初めてだ。

気後れからか、なんとなく尻がもぞもぞして据わりが悪い。

対して運転席の悠介は堂に入ったもので、まるで憶する様子もなくイグニッションキーを回し、エンジンをかける。半身を返して後ろを見つつ、片手でステアリングを操作して車をバックさせる姿がかなり様になっている。大和は密かに感嘆した。さすが五年連続「抱かれたい男一位」。

(真っ赤なオープンカーが似合う日本人なんて、そうそういないよな)

横目でこっそり見惚れているうちに、車道に出た車がスピードを上げる。

刹那《せつな》、どことなく居心地の悪かった気分が吹き飛んだ。

「うおっ……気持ちいーっ！」

カラッと乾燥した風が顔を撫でる感覚が心地いい。

澄み渡った青い空と書き割りみたいな白い雲。

地平線まで続く赤土とハイウェイの両脇に並ぶパームツリーを見て、ハワイに来たんだなぁという実感が改めて湧いてきた。

「オープンカー、気持ちいいでしょ？」

悠介に同意を求められ、こくっとうなずく。

初めて乗ったけれど、これは確かに癖になる気持ちよさだ。

「三日のうちどこかでノースショアをドライブしようよ。山側のジャングルもいいし、サンセットビーチで見る夕陽とか、ちょっと感動するくらいに綺麗《きれい》だから。前から一度大和に見せたかったんだ」

悠介が楽しそうに、これからの予定を語る。

大和はハワイは初めてだが、悠介はそれこそ「数え切れないほど」訪れているらしい。

子供の頃の家族旅行を手始めに、映画や写真集のロケでも複数回訪れていたようだ。

以前「将来、年を取ったらハワイに住みたい」と言っていたくらいだ。

「やっぱ気候がいいし、人もやさしいし、安全だし、海があって山があって果物や野菜が新鮮で、セカンドライフを過ごすならベストだよね」

一方、大和にとってのハワイのイメージは、「日本人観光客が溢れ返っていそう」。

そんな観光地に悠介とふたりで行くことに不安を覚えていたのだが、お盆のピークを外れているせいか、先程の空港でもそんなに日本人の姿は見かけなかった。もちろん、まったくゼロということはないにせよ、それでもやっぱり日本にいる時よりは解放感がある。日本ではどうしても、悠介と一緒に行動する際に周囲の目を気にせざるを得ないからだ。

それは悠介にとっても同じなようで、オープンカーで走り出した瞬間から、顔つきが晴れ晴れとしている。

芸能人という制約から解き放たれ、自由だったアメリカから日本に戻って来て約三ヶ月。その間ずっと仕事が忙しかったこともあり、フラストレーションが溜まっていたんだろう。

（この旅行が悠介にとってもいいリフレッシュになるといいな）

そんな願いを胸に秘め、大和はからりと乾いた心地いい風に身を委《ゆだ》ねた。


空港から四十分ほどのドライブでワイキキに到着する。

真っ赤なオープンカーは、白を基調とした瀟洒《しょうしゃ》なホテルの車寄せに滑り込むようにして停まった。

純白の制服に身を包んだバレーサービススタッフが駆け寄ってきて、悠介からキーを預かる。パーキングの手続きをしている間に、ベルボーイが後部座席から荷物をピックアップして館内に運び入れてくれた。

ホテルに関しても悠介に任せてしまったのだが、ワイキキの大通りから少し離れているせいか、しっとりと落ち着いた雰囲気のホテルだ。

自然光を取り入れた明るい吹き抜けのロビーも気持ちがよく、大和は一目で気に入った。

「アーリーチェックインできるか訊いてくる。ちょっと待ってて」

そう言い置いた悠介が、ひとりでフロントデスクに歩み寄り、スタッフと英語で話し始める。

その間大和は、悠介の視野の範囲内をぶらぶらと歩き回った。ホテルブティックをひととおりチェックしたあとで、トロピカルな花々が咲き乱れる中庭に足を踏み出す。

青々とした芝生には椰子《やし》の木が点在し、根元にそれぞれデッキチェアが置かれていた。

中庭の奥に青い水面が光って見えるのはプールだ。プールのさらに向こうには、白砂のプライベートビーチが広がっていた。

プールではしゃぐ子供たちの声と、ザン、ザザンと打ち寄せる波の音がユニゾンで聞こえる。

遠くに見えるごつごつとした山は、形状からしてたぶんダイヤモンドヘッドだろう。

絵ハガキさながらの景色に目を細め、海辺の空気を胸いっぱいに吸い込んでいると、賑《にぎ》やかな英語の話し声が聞こえてきた。

振り返った大和の視界に、ちょうどエレベーターから降りてきたばかりの、真っ白なドレスの金髪女性が映り込む。女性の傍《かたわ》らにはやはり白のタキシードを着た白人男性が立っていた。

（花嫁と花婿？）

ふたりを先頭にした数人の一団が、明るい笑い声を立てながら、車寄せのリムジンに近づいていく。

これから教会で結婚式を挙げるのだろうか。

ぼんやり眺めていたら、フロントデスクから悠介が歩み寄ってきた。

「お待たせ」

大和の視線の先を追った悠介が、一行に向かって『I wish you a beautiful marriage!』と声をかける。すると新郎が片手を上げ『Thanks for your kindness』と返してきた。

「……綺麗な花嫁さんだったな」

一同が黒塗りのリムジンで走り去るのを見送ってからつぶやく。

「そう？　大和のほうが断然何倍もかわいいけど」

真顔でボケる男に「ばーか」と呆《あき》れ声を出した。

「比べる対象がおかしいだろ？」

睨《にら》みつけると悠介は笑って話題を変える。

「前のゲストが正午チェックアウトで、やっぱチェックインは早くても二時になっちゃうって。それまでどうする？」

「うーん……どうすっか。遠出するには中途半端な時間だしな」

「せっかく天気いいし、プールでひと泳ぎしようか？」

「そうだな」

その提案に乗っかり、更衣室で水着に着替えた。

プールサイドに並んだデッキチェアを隣り合わせでキープする。ざっと見回した印象では、目に入るのは外国人ばかりだ。大和は内心でほっとした。

もしかしたら、日本人はあまり利用しないホテルなのかもしれない。

片や悠介は周りの目などまるで気にしていない様子で、羽織っていたパーカをあっさりと脱ぎ去り、日焼け止めのローションを両腕に塗り始めた。

「いま日に焼けちゃうとまずいんだよね」

ＣＭやドラマ、映画の契約があるのだろう。そういや前に、髪型も自由に変えられないとぼやいていた。

「背中塗ってやるよ」

「サンキュ」

後ろを向いた悠介の背中に、大和は手に取ったローションを塗りつけ、満遍《まんべん》なく伸ばした。

手のひらに張り詰めた筋肉を感じる。分刻みのスケジュールの合間を縫い、週に三度はジムに通っているせいか、このところまた一段と引き締まってきた。

次の映画がアクションものなので、専属のトレーナーについて体を作っているという話だったけれど、つくべき場所に筋肉がつき、締まるべきところはしっかり引き締まっている感じ。

そのあたりを水着でうろうろしている外国人男性と比べても遜色のない肉体を、こんなふうに明るい日差しの下で再確認すれば、普段は忘れているコンプレックスがむくむくと頭をもたげ始める。

（いいよなー。鍛《きた》えたら鍛えた分、ちゃんと筋肉ついて）

大和自身、別に細すぎでもメタボでもないと思うが、日本人男子としてごくごく平均で、言ってみれば「並」だ。悠介につき合って週一でジムに通っているが、いまのところ目に見えて変化の兆しはない。

（これくらい体が変わるんだったら、ウェイトトレーニングもやる気出るのにな）

肩胛骨《けんこうこつ》がくっきり浮き出た逆三角形の上半身、美しい流線型を描く肩、引き締まった腰のラインを羨《うらや》ましげに眺めていると、悠介が振り向く。

「今度は俺が大和に塗ってあげる」

「おー、頼む」

Tシャツを脱ぎ去り、背中を向けた。ざっくり塗りつけたローションを、大きな手のひらが背中全面に塗り広げていく。背中のあとは両肩、両腕、最後はうなじまで上がってきた。

（なんか……むずむずする）

長い指を使ったソフトタッチがくすぐったくて、思わず首を縮める。

「首すくめちゃだめだって。ちゃんと塗れないだろ？」

叱られてどうにかこうにか我慢していたが。

「………っ」

うなじから耳の後ろにかけてをつーっと指で撫で上げられ、びくんと震える。

「……大和ってほんと、感じやすいよね」

悠介が耳許に唇を寄せて囁いてきた。カッと顔が熱くなる。

「うるせぇな」

横目でギッと睨《ね》めつけると、悠介が肉感的な唇をにっと横に引いた。

「特に耳が弱いよね」

「……この野郎。わざとかよ？」

凄む大和を躱《かわ》すように、悠介がぱちんっと背中を叩く。

「さぁ塗り終わった」

デッキチェアから立ち上がった悠介が、大和の腕を摑んで引っ張った。

「プール入ろうぜ！」


童心に返ったかのようにプールで遊んだあと、プールサイドのカフェでランチを取り（牛肉百パーセントのハンバーガーがめっちゃ美味《うま》かった）、午後からはホテルのプライベートビーチに繰り出してワイキキの海（案外波が強くて、何度も足を取られては転び、ふたりとも頭からずぶ濡れになった）を堪能した。

そうこうしているうちにチェックインの時間がやってくる。

客室担当のスタッフに案内された部屋は、建物の最上階に位置し、主室と寝室が内扉でコネクティングされたスイートルームだった。

（……スイートなんて泊まるの初めてだ）

ツインといえども男ふたりでスイートに泊まるってどうよ？　という懸念《けねん》がちらっと頭を掠めたけれど、客室担当者も悠介も「ノープロブレム」といった態度だったので、大和もそれに関しては棚上げして深く考えないことにした。

ハワイのおおらかな空気のせいか、だんだん細かいことが気にならなくなってきている。

白亜《はくあ》の宮殿風の外観イメージに準じて、室内も白を基調としていた。

白い壁に白い天井、クローゼットも白、パウダールームもベッドも白。眩しいくらいだ。調度品は木や籐《とう》などのナチュラル素材を使ったものが多い。

ガラスのローテーブルの上にウェルカムフルーツとクーラーに入ったシャンパン、ミラー付きのコンソールの上には極楽鳥花《ごくらくちょうか》やアンスリウムをあしらった南国らしいアレンジメントが盛られ、これらが白い部屋の差し色になっている。

部屋の中だけを見れば洗練された都心のホテルのようだが、主室の一面を占める窓からの眺望——オーシャンビューは、まさしくリゾートホテルの醍醐味《だいごみ》を感じさせるに充分だった。

室内の説明を終えたホテルスタッフが退室するのを待って、大和は鎧戸《よろいど》とガラスのドアを開け、ガーデンテーブルとチェアが置かれたバルコニーに出た。手摺りにもたれ掛かると、花の香りをたっぷり含んだ海風が顔を撫でる。

(気持ちいい)

日暮れと同時に、サンセットビーチでウクレレの演奏とフラのショーが始まるらしい。さっきホテルスタッフが言っていた。ここからもその様子が見えるはずだ。

ウクレレと波の音をBGMにビールを飲んだら、きっと最高の味がするに違いない。

「すげーな……」

手摺りから身を乗り出し、大和はどこまでも続く広い空と青い海を眺めた。

白い波間に点々と浮かぶのは、ボードに摑まったサーファーだろうか。遠くに小さくヨットの帆やクルーザーらしきシルエットも見えた。

「気に入った？」

悠介もバルコニーに出てきて、大和の横に立つ。

「うん。最高に贅沢な景色だよな」

「このホテルで一番見晴らしのいい部屋を頼んだから」

さらりとすごいことを告白した悠介が、腰に手を回してきた。

「なんかうれしい……」

大和の耳に口を寄せて甘い声を吹き込む。

「大和と新婚旅行に来るならハワイって決めてたから」

「……あ？」

聞き捨てならない台詞《せりふ》にぴくっとこめかみを動かし、大和は悠介を見た。

「いまなんつった？」

「だから新婚旅行はベタだけどやっぱハワイが……」

「はぁ!?　誰と誰の新婚旅行だよ？」

「誰ってもちろん、俺と大和の」

他に誰がいるの？　とでも言いたげな澄んだ瞳で見つめられ、頭がくらっとする。

「おま……そのつもりでスイート取ったのかよ？」

その追及には取り合わず、悠介が実に残念な口ぶりで言った。

「本当は式も挙げたかったんだけど」

「式ぃ!?」

先程エントランスで見かけた新郎と新婦が脳裏に浮かぶ。

白いタキシードの悠介と、ウェディングドレス姿の自分をうっかり想像してしまい……。

「あり得ねえっ」

「そう言うと思って断念した」

心から無念そうに悠介が肩をすくめた。

「あたりめーだろ!!」

「でも部屋は気に入ってくれたみたいでよかった」

悩殺スマイルでにっこりと微笑まれ、ぐっと詰まった大和に、悠介が顔を近づけてくる。こめかみに唇を押しつけられた。ちゅっと音を立てて離し、間近から大和を熱く見つめる。

「大好きなハワイに大好きな大和と一緒に来られて、俺いま最高に幸せ」

言葉どおり最高に幸せそうなその顔を見れば、それ以上つっかかる気が失せた。

(そんなの俺だって……)

俺だっておまえとの旅行、すっごく楽しみにしていた。

一緒に住んでいたって、ロケが多い悠介と顔を合わせられるのは週に数日。休みの日もなかなか合わず、衆人環視《しゅうじんかんし》下でのデートもままならない。そんな恋人とまるまる三日間一緒に過ごせるのだ。うれしくないはずがない。

でもそんなことを口にしたら、ただでさえ高い悠介のテンションが天井知らずに上がっていきそうで。

(言えねーっての)

頬の赤みを覚《さと》られないように、大和は顔を正面に戻し、視線を海に据えた。

荷物を解いたのち、ホテルを出た大和と悠介は、ワイキキのメイン通りをひととおり流した。

日が暮れ始めると、道沿いの要所要所に松明《たいまつ》が灯《とも》り、少しおしゃれをしてディナーに繰り出してきた人たちで賑わい始める。射撃場でシューティングを楽しんだふたりは、各国のビールが呑めることで有名なパブに入った。

全部種類の違うビールが入った小さなグラスが六つ運ばれてきて、ワンショットずつ、味の違いを味わいながら呑み干す。

その中で一番気に入ったビールを、ふたりともおかわりで頼んだ。つまみに頼んだバッファローチキンとアボカドとアヒ＝ピリ辛のタレに漬け込んだ生のまぐろのサラダ、アーティチョークのブルーチーズソース掛けも美味しくてビールが進む。

「明日はなにしようか？　船で遠出して潜《もぐ》るのもいいし、ボードを借りてサーフィンするでもいいし、それこそノースショアドライブもいいいね」

「選択肢多くて迷うよなー」

明日からの予定をあれこれ話し合いつつ楽しく呑んでいるうちに、いつの間にか量を過ぎてしまったらしい。

（ちょっと呑みすぎたか？）

会計を済ませて立ち上がった瞬間に足許がふらつき、大和は自分の酔いを自覚した。酒はさほど強いほうじゃない。悠介はいくら呑んでも酔わないザルだけど……（その分、素面《しらふ》でも酔ってるんじゃないかってくらいテンションが高く、隙さえあればクサい台詞を吐くが）。

「大丈夫？」

大和の覚束ない足取りに気がついた悠介が、心配そうに尋ねてくる。

「ああ……ちょっと呑みすぎたっぽい」

「時差もあるし、前日まで忙しくしてたから疲れが出たんじゃない？　ホテルに戻ろうか？」

そう言ってくれたので、まだ九時過ぎだったけれど、明日と明後日のことを考えて早めにホテルに引き上げることにした。

人通りの多いところでは普通に傍らを歩いていた悠介が、横道に逸《そ》れたとたんに大和の手を握ってくる。

「ちょ……まずいって」

あわてて振り解こうとしたが、悠介の力が強くて解けない。

「大丈夫。暗いし、見えないよ」

「…………」

酔っているせいだろうか。それともここが日本じゃないからか。

普段なら断固拒否するのに、今夜はそれ以上抗《あらが》うことができなかった。子供みたいに悠介に手を引かれて夜道を歩く。

（こんなふうに悠介と手を繋いで外を歩くなんて……初めてじゃないか？）

少なくとも、日本じゃ絶対叶わないシチュエーションに心が浮き立ち、足許が余計にふわふわした。雲の上を歩いているような不思議な気分だ。

ホテルのエレベーターの中で、他に誰もいないのをいいことに悠介がしかけてきた、まるで盗むみたいな一瞬のキスにも抗えなかった。

やっぱり……酔っているのかもしれない。

「水分をなるべく取ったほうがいい」

部屋に戻ってすぐ悠介にミネラルウォーターのボトルを手渡され、大和は素直に「ん」とうなずいた。

水分補給をしてソファで一時間ほど横になり、酔いが醒めてきた頃合いを見て風呂を使う。

ガラス張りのシャワーブースで体と髪を洗い、バスタブに張ったぬるめのお湯に浸かった。プールと海で遊んだあとでシャワーは浴びていたけれど、やっぱりお湯に浸かるのとは全然違う。毛穴から残りのアルコールがじわじわと抜けていくのを感じた。

バスタブから出て、バスタオルで全身の水気を拭う。

ふと、鏡に映った自分の裸が目に入り、「うわ、焼けてんなー」とひとりごちた。もともと地黒だが、それでも水着との境目がくっきりわかる。ハワイの紫外線の威力が日焼け止めの効能を上回っていたようだ。

（ちょいひりひりする……）

そして肌がちょっと熱っぽい。

褐色《かっしょく》に灼けた体にバスローブを羽織り、腰紐をきゅっと結んでパウダールームを出た。バルコニーに出て涼んでいた悠介が、大和に気がついて部屋に戻ってくる。

「ちゃんとゆっくりお湯に浸かった？」

「ああ、アルコールも完全に抜けた」

「そう、よかった」

悠介がリビングのソファに腰を下ろし、横のスペースをぽんぽんと手で叩いた。

「座って」

「なんだよ？」

大和は怪訝《けげん》な面持ちで腰を下ろす。

体を傾け、隣に座った大和の目をしばらくじっと見つめていた悠介が、おもむろに口を開いた。

「渡したいものがあるんだ」

「渡したいもの？」

うなずいた悠介が、クッションの後ろに手を差し込み、そこからなにかを取り出した。どうやら予《あらかじ》め、クッションの後ろに隠しておいたらしい。

その「なにか」は手のひらに載るサイズの四角いビロード張りの箱だった。

悠介が上蓋をパカッと開ける。箱と同じ濃紺のビロード張りの台座に、プラチナの指輪が二個、並んで差し込まれていた。よく見れば凝《こ》った意匠《いしょう》が施されているその指輪の、口径がやや小さいほうを指先で摘《つま》み上げた悠介が、もう一方の手で大和の左手を持ち上げる。

厳《おごそ》かな顔つきで、プラチナの指輪を大和の薬指にくぐらせた。根元までそろそろと押し込めてから、満足そうに「よかった。ぴったり」とつぶやく。

「なんだよ……これ？」

左手の薬指に嵌《は》まった指輪を訝しげに眺めていた大和は、遅まきながらそのリングの意味に気がつき、「あっ」と声をあげた。

「おまっ、まさかこれ……っ」

「うん。マリッジリング」

「マリッジ……リング？」

呆然《ぼうぜん》と繰り返す。

「ここの裏にふたりの名前が彫ってあるんだ」

リングケースに残っていた指輪を摘み上げ、悠介が裏側を指さした。

「ほら、『yamato&yusuke』って。見える？」

「……見える」

男同士でペアリングってだけでも十二分に恥ずかしいのに、お互いの名前入りって……。

いろんな意味でクラクラしながら、大和は頭に浮かんだ疑問を口にした。

「おまえ……こんなものいつの間に？」

「大和が一緒に暮らすことを受け入れてくれた時から、なにか記念するものが欲しいなって思い始めて、ジュエリーデザイナーの知り合いに頼んであったんだ。それが一週間前に出来上がってきたから、どうせなら旅行中に渡そうと思って」

経緯を説明した悠介が、自分の指輪を大和に渡し、「嵌めてくれる?」と頼んできた。

「あ……ああ」

指輪を受け取り、差し出された左手の薬指に輪っかを通す。長くて形のいい指にプラチナリングを押し込んでいる間に、だんだんと厳粛《げんしゅく》な心持ちになってきた。

間近の悠介の顔も真剣で……微妙に手が震える。

「入った」

なんとか嵌め終わってほっとしていると、悠介が「ありがとう」と微笑んだ。

その顔が本当にすごくうれしそうで、なんだか胸の奥がきゅんと疼《うず》く。

左手の薬指に指輪なんかしていたら、それこそマスコミの格好の餌食《えじき》だ。あれこれとうるさく詮索されるのを覚悟の上で、ふたりの関係を「形」にしてくれた。別にとりたてて指輪というアイテムに思い入れもこだわりもないけれど、その気持ちが……うれしい。

「大和」

悠介の指輪を見つめていたら、名前を呼ばれた。顔を上げて、悠介の熱っぽい双眸《そうぼう》とぶつかる。悠介が大和の左手を摑み、捧げ持つようにして指輪にくちづけた。

「この先ずっと……永遠に大和を愛し続けることをこの指輪に誓う」

「……永遠」

その言葉の重みを嚙み締める。こいつのことだ。上っ面《つら》の言葉じゃなくて、掛け値なしに本気なんだろう。

そう思ったら、身が引き締まった。

こいつの真摯《しんし》な想いに、自分もちゃんと応えなくちゃいけない。

居住まいを正し、真剣な表情で、大和も誓いの言葉を口にする。

「……俺も……誓う」

「大和」

美しい貌を蕩《とろ》けさせた悠介が、大和を抱き寄せた。ぎゅっと強く抱き締めてくる。

「愛してる……大和……愛してる」

繰り返し囁かれる睦言《むつごと》を耳に、大和も腕を背中に回して恋人を抱き締め返した。

悠介の体も日焼けのせいか、少し微熱を帯びている。

その熱が、心地いい……。

自然と目を細め、猫が甘えるように、すりっと首筋に頭を擦りつけると、密着していた恋人がぴくんっと震える。悠介がぽつっとつぶやいた。

「……やばい」

「悠介？」

「……だめだ」

喉に絡んだ声を落とすやいなや、大和の体を引き剥《は》がす。逃げるようにソファから立ち上がろうとする悠介の腕を摑み、大和は引き留めた。

「なんだよ？　急にどうし……」

「ごめん……大和は疲れてるのに……」

悠介のやや紅潮した顔と、濡れた瞳を見て気がつく。

欲情していることに。

恋人が自分を欲しがっているのを覚るのと同時に背中がぞくりと震え、首筋がカッと熱くなった。

(俺も……)

自分だって悠介が欲しいと思っている。

こくっと喉を鳴らした大和は、掠れ声で尋ねた。

「……したい？」

不意を突かれたように、悠介が両目を見開く。

「大和？」

「俺としたいのか、そうじゃないのか？」

「そんなの！」

「どうなんだよ？」

「一年中、一日中いつだって欲しいに決まってるだろ！」

いつになく激しい口調で悠介が言い返してきた。

「でも今日は疲れてるだろうし、明日もあるから我慢しなくちゃって思っ……」

「我慢するなよ」

最後まで言わせずに声を被《かぶ》せると、悠介が「えっ？」とたじろぐ。

上目遣いに恋人を睨めつけた大和は、ぶっきらぼうに告げた。

「ハネムーンの初夜なんだろ？」

悠介が大きく見開いていた目を細める。

「……大和」

愛おしくてたまらないといった表情で名前を呼ばれた大和は、ゆっくりと目を閉じ、舞い降りてくる恋人の唇を受け止めた。


「あっ……ふ、あ……っ」

硬く猛った欲望が狭い肉を割って、こじ開けるみたいに侵入してくる。自らの体重によってずぶずぶと串刺しにされ、大和は衝撃に息が止まりそうになった。

自分を蹂躙《じゅうりん》する充溢《じゅういつ》のしたたかさに涙がぶわっと盛り上がる。大きく反り返った喉からは声にならない悲鳴が細く漏れた。

「ひ……ぁっ」

それでも、恋人を半分ほど呑み込んだあたりから、痛みだけでないなにかを感じるようになる。悠介を食《は》んでいる部分から、ジンジンと痺れるような疼きが発生してきた。

「……ん、……くっ」

「大和……大丈夫？」

心配そうな悠介の問いにこくこくとうなずいた大和は、腰をくねらせ、背中をたゆませ、恋人を少しずつ呑み込んだ。

どうにか根元まで受け入れ、胸をはぁはぁと喘がせていると、ふーっと深い息を吐いた悠介が尋ねてくる。

「痛くない？」

「……ない」

痛くはない。腹の中が悠介でパンパンで苦しいけれど。

でも、その苦しさを上回る充足感がある。

ベッドに仰向けに横たわった悠介が手を伸ばしてきて、自分に跨《またが》る大和の、バスローブがはだけた胸を触る。右の乳首を指できゅっと摘まれ、乳頭から背筋にかけてびりりっと甘い電流が走った。びくんっと腰が浮き上がり、反動で沈んだ結果、さっきよりも深く屹立《きつりつ》を咥《くわ》え込んでしまう。

「……深……い」

騎乗位でなければ得られない最奥《さいおう》に悠介を感じて、腰が淫らにうねった。挿入の衝撃で力を失っていた欲望も、ふたたび勃ち上がる。

「あっ、あっ、ンっ……」

強靱《きょうじん》な抽挿《ちゅうそう》で突き上げられるたび、欲望の先端からカウパーが溢れ、シャフトを伝って滴《したた》り落ちた。軸を伝い落ちた先走りが、結合部でくちゅっ、ぬちゅっとあられもない水音を立てる。

「あ、たって……るっ」

一番の弱みを突かれ、大和は甘くすすり泣いた。

「……気持ちいいとこに当たってる？」

「んっ、んっ」

「いい？　気持ちいい？」

「いっ……いいっ」

気がつくと大和は、自分から感じる場所を恋人の昂《たかぶ》りに擦りつけていた。浅ましい自分に全身が熱く火照《ほて》ったけれど、貪欲に恋人に絡みつくのをどうしても止められない。

「大和……すごい……中すごいうねってる。俺の締めつけてくる……気持ちいい」

感じている悠介の声を聞けば、より快感が膨《ふく》らんだ。さらにぎゅうっと締めつけてしまう。

「うっ」

悠介が呻《うめ》き、体内の彼がどくんっと脈打ったのがわかった。いっそう質量を増した恋人に激しく抜き差しされ、喉の奥から嬌声《きょうせい》が溢れて止まらなくなる。

「あっ……あっ……ア……あぁっ」

(も……イク)

射精感が募り、無意識に自らの欲望に伸ばしかけた手を、悠介に掴まれた。もう片方の手も掴まれる。

「な、なにす……」

「自分で触っちゃだめ。後ろだけでイって」

甘く昏《くら》い声で理不尽な要求をされ、大和はふるっと首を振った。いつもは悠介に甘やかされているので、今夜に限って意地悪な恋人に苛立つ。

「そんなの無理に決まって……っ」

「大丈夫だよ。今日の大和すごく感じてるから。できるって、ね？　――気持ちよくなるように自分で動いてみて」

子供に言い聞かせるような口調でなだめすかされた。両手を拘束されている上に悠介も動かないしで、仕方なく自分で動き始める。膝に力を入れてそろそろと体を持ち上げ、抜けるギリギリのところで、今度は中を締めつけるようにしてじわじわと身を沈める。はじめはなかなか上手くいかなかったが、徐々にコツが摑めてきた。

「大和……上手だよ。すごく上手だ。どんどん上手くなってる」

悠介に励まされ、腰をグラインドさせたり、前後に振ったりと懸命に動く。

「かわいい……大和」

「あっ、んっ、あ……」

濡れた髪を振り乱し、上下左右に体を揺らした。激しく動いたせいでバスローブは完全にはだけきり、ほとんど腰紐だけで体と繫がっている状態だ。

日焼けで熱を帯びていた肌がカッカと火照り、首筋から汗が滴り落ちる。悠介も汗だくで、筋肉質の胸に添えた手がぬるぬると滑った。

体も熱いが、悠介を含んでいる場所が火傷しそうに熱を孕《はら》んでいる。

(熱い……っ)

思わず眉をひそめた時、両手で腰を摑まれ、ずんっと下から突き上げられた。

「アッ」

それまで微動《びどう》だにしなかった悠介が続けざまにガツガツと穿《うが》ってくる。

「やっ……あっ……あぁっ」

高みへと追い立てられ、眼裏《まなうら》が白く霞《かす》んだ。

「イクッ……いっ……」

大きくしなった体がびくびくと痙攣《けいれん》する。

「イクぅっ……あぁ──っ」

大和が後ろだけの感覚で極めた一瞬後、体内の悠介も弾けた。緩慢に腰を動かしながら、熱い熱情を注ぎ込んでくる。

「あ……あ……あ」

絶頂の余韻に全身を小刻みに震わせつつ、大和はぐったりと前のめりに倒れ込んだ。

その身を抱き留めた悠介が、鼻先に唇を押しつけてくる。ちゅっ、ちゅっと、労《ねぎら》いのようなやさしいキスで顔全体を隙なく埋めたあとで、甘い声が囁いた。

「がんばったね……いい子だ」

自分でもがんばったと思う。初チャレンジにしては上出来なんじゃないか。

よしよしというふうに頭を撫でられ、大和は満足の吐息を漏らした。腰を浮かせて悠介を抜き、ごろりと横になる。

天井を見上げて汗が引くのを待っていると、悠介がぽつりと言った。

「本当はもっと欲しいけど……今日はこれで我慢する」

大和はむくっと身を起こし、恋人を睨み下ろす。

「だーかーらー、我慢すんなって言ったろ?」

悠介がふっと口許を緩めた。

「そう言ってくれてすごくうれしいけど、初日から飛ばしすぎて大和が歩けなくなっちゃったら困るから」

「歩けなくなるって……」

どんだけするつもりなんだと若干引く大和に、上半身を起こした悠介が顔を近づけてきた。大和の唇をやさしく啄み、「それに……」とつぶやく。

「ハネムーンはまだ始まったばかりだしね」

不器用な劣情

「…………」

頭の中が半分起きていて、半分は眠っている。体もまだ眠っており、目蓋《まぶた》を持ち上げようとしても、ぴくぴくするばかりで開かない。ともすればさっきまで見ていた夢の続きを見られそうな——中途半端な状態がかれこれ五分ほど続いている。

枕に顔を埋めるようにして俯《うつぶ》せに寝ていた松岡北巳《まつおかきたみ》は、半覚醒の頭でぼんやり考えた。

いま何時なんだ？

目覚ましが鳴らないところを見ると、まだ七時にはなっていないということか。

でも、そのわりには部屋が明るい気がする。目蓋を閉じていても、なんとなく部屋が明るいのはわかる。厚手のカーテンを突き刺す日差しの強さは、夏の盛りならではだ。

少しずつクリアになってきた頭を巡らせつつ、無意識に左手を伸ばす。が、本来そこにあるべきものがなかった。

あれ？

シーツをぽんぽんと叩きながら手のひらを移動させたが、いつもの手応えがない。

いない？

枕からのろのろと顔を上げ、半開きの目で確かめた。やはり隣のスペースはもぬけのから。通常はそこにいる男がいない。

この段階に至り、北巳は眉根を寄せた。

ちょっと待てよ？　本当にいま何時なんだ？

シーツを叩いていた左手をヘッドボードの上に伸ばし、目覚まし時計を掴んだ。顔の前まで持ってきて、文字盤を見る。

時計の針は十時三分を差していた。

「……えっ？」

思わず二度見する。それでも針のポジションは変わらない。両目がみるみる見開かれた。ザァッと血の下がる音が聞こえる。

こんな時間まで寝ていた記憶は、十年以上遡《さかのぼ》ってもない。

「うそだろっ」

大声を発して、北巳は文字どおりベッドから跳ね起きた。

なんで鳴らなかった？　鳴ったのに止めたのか？

どっちにしろ完全なる遅刻だ。うわぁ……今日の午前中はなにが入ってたっけ？　会議？　打ち合わせ？　っていうか、なんで誰も起こさないんだ。携帯に連絡くらいくれたって……。

パニックになった北巳は、とりあえずパジャマのボタンを外しながら寝室を飛び出した。

そもそも、あいつが起こしてくれないのがおかしい。

俺をほったらかしにしてどこへ行ったんだ。

リビングのドアを開けると同時に叫ぶ。

「織田《おだ》!?　どこ行った？　お……」

窓際のソファに腰掛けている男が、膝の上のタブレットから顔を上げ、「おはようございます」と言った。起き抜けの自分とは異なり、男はすでに身繕いを済ませ、髪も整えている。すっきりと男らしく整った貌を前にして、北巳はぱくぱくと口を開閉した。

「お……お……」

「ぐっすり眠っていたので起こしませんでした。このところ睡眠不足でしたから」

落ち着いた深い声音で、男が説明する。

「起こしませんでしたって、おまっ……そのせいで遅刻しちゃったじゃな……」

「北巳さん」

興奮した声を遮られた。

「今日は日曜です。そして今日から五日間、我々は夏期休暇です」

冷静な口調の指摘に、北巳は「……あっ」を声をあげる。

思い出した。そうだった。

「そっか……今日から夏休みか」

自分の勘違いに気がつかされて脱力する。

どうりで……織田がこんな時間にゆったりとくつろいでいるはずだ。

そうだ――この休暇のために昨日も休日返上で出勤し、明け方近くまで会社にいた。日の出頃に帰宅し、そのまま気を失うようにベッドに倒れ込んだところで記憶が途絶《とだ》えている。

一番新しい記憶に辿り着き、北巳は納得した。

(それでこの時間まで寝入ってしまったのか)

自覚はなかったが、どうやらかなり疲れが溜まっていたらしい。それがわかっていたから、織田も起こさなかったのだろう。

パニックが収まると、寝坊ごときで大騒ぎして取り乱した自分が急に恥ずかしくなる。

あと数年で四十になろうというのに、いつまで経《た》っても年相応の落ち着きが身につかない自分に軽く落ち込む。

ひとつ年下の織田が、自分の何倍も大人で、最近は風格のようなものすら漂わせているから、なおのこと差を感じてしまうのだ。

気まずい気分で、北巳は寝癖のついた髪を掻き上げた。

「おまえは何時に起きたんだ？」

改めて同居人に尋《たず》ねる。

「八時です。――朝食はどうしますか？」

「あ、うん……いまから食べると中途半端だよな」

「なにも食べないのもよくありませんから、フルーツとヨーグルトだけでも胃に入れてください」

「わかった」

「いまコーヒーを淹《い》れますね」

織田がコーヒーを淹れてくれている間に、北巳はシャワーを浴びた。昨日の夜、風呂にも入らずに眠ってしまったからだ。

大学時代の後輩である織田と、芸能プロダクション『松岡事務所《まつおかじむしょ》』を立ち上げて、早いもので創業八周年を迎える。

立ち上げ当初は、所属タレントも北巳の甥である松岡悠介《ゆうすけ》ひとりだったが、いまでは五十名を超えている。スタッフ数も四十名近くに増え、昨年は小さいながらも自社オフィスビルを構えた。

ここまで順調に業績を伸ばしてこられたのは、大看板である悠介のバリューが大きいが、その悠介を裏から支える織田の力も同じくらいに大きい。

織田は副社長として事務所の経営の一端を担《にな》いつつ、悠介を筆頭とした主要タレントのマネージャー業務をも担っている。創業以来、経営と現場の二足のわらじを履いているのだ。

ハードワークを見かね、過去に何度か北巳から「もう現場はいいんじゃないか？」と持ちかけてみたが、そのたび「自分まで離れると、現場が見えなくなります」と返された。

北巳は代表取締役社長としての業務の多忙さから現場を離れて長く、いまでは完全に経営者側に立ってしまっている。確かに、ふたりとも離れてしまうと、現場でなにが起こっているのかが感覚的に摑めなくなる。

織田の主張はいつだって正しい。事実、織田が現場から上げてくる意見は、経営者としての北巳の判断に多大な影響を与えている。現場に則した意見に救われたことも、一度や二度じゃない。

だがその分、織田は確実にオーバーワークになっている。担当しているタレントが撮影に入れば、休みだってまともに取れない。

どんなに過酷なハードワークにも文句ひとつ言わない織田に自分ができるのは、下にサブマネを付けて、少しでも負担が減るよう取り計らうことくらいだ。

しかも、家に帰っても「できる男」は北巳のサポートを完璧にこなす。

同居生活は六年目に入った。

恋人関係になってもしばらくは、お互いの家を往き来する生活だった。

二年が過ぎた春、機が熟したと判断したらしい織田からの「一緒に暮らしませんか？」という提案を北巳が受け入れ、それぞれの住居から新しく借りたマンションに引っ越す形で同居がスタートしたのだ。

（あれから……もう六年か）

タオルで髪を拭きながら感慨に耽《ふけ》る。

はじめは家族以外との同居生活に不安もあったが、織田のさりげない気配りのおかげで間もなく慣れ、これといったストレスを感じることもなく六年が過ぎた。

ずっと仕事に追われていたせいもあって、なんだかあっという間だった。

昔は、忙しい兄夫婦に代わって、北巳が家事全般を担っていた。甥の悠介も、北巳が育てたようなものだ。だが、織田と暮らし始めてからこっち、痒《かゆ》いところに手が届く鉄壁のフォローに骨抜きにされ、気がつけばすっかり依存してしまっている。

最後にキッチンに立ったのがいつか、すぐには思い出せないくらいだ。

料理を含めて家事全般に万能、その上包容力もあって気遣いもできる——パーフェクトな同居人。

それに比べて自分は……。

ふと、髪を拭く手が止まる。

与えてもらっているのと同じだけのものを織田に返せているのか。

心地よく、織田がなにも言わないからといって、公私ともに依存したままでいいのか？

こんなことじゃ……いつか愛想を尽かされるんじゃないのか？

普段は日々の忙しさに紛れて水面下に沈んでいる懸念が、次々と浮かび上がってくる。

（……いやいや……せっかくの休みなのに……マイナス思考はよくない）

北巳はタオルを被《かぶ》せた頭を振った。

いずれきちんと考えなければいけないが、いまはその時じゃない。そう自分に言い聞かせる。

あらかた髪の水気を取り、バスローブを羽織って、リビングへ移動した。内扉を開けたとたん、コーヒーの芳《かぐわ》しい香りが鼻孔をくすぐる。

「ちょうど前のが終わったので新しい豆を開けました。どうぞ」

タイミングを見計らって淹れたのだろうコーヒーを、織田がダイニングテーブルに置いた。椅子を引いて、カットフルーツ入りのヨーグルトの器とスプーンがセットされた席に着いた北巳は、まだ湯気が立ち上っているコーヒーカップに口をつける。

「……美味《うま》い」

織田が豆からミルで挽《ひ》いたコーヒーは格別に美味しいのだ。その豆も、織田が数種類の豆を買ってきてミックスする、いわば織田ブレンドだ。このせいで、外出先でコーヒーを飲むことができなくなった。どうしても比べてしまうのだ。

「よかったです」

微笑んだ織田が、向かいの椅子を引いて座り、自分のカップを口に運ぶ。コーヒーを一口飲んで、満足げな顔をした。自身も納得の味のようだ。

「今頃、悠介たちはホノルルか……」

スプーンでヨーグルトをすくって、北巳はつぶやいた。

「ちょうどホテルにチェックインした頃ですかね」

北巳と織田が取ったこの夏休みは、悠介のオフに合わせたものだ。

悠介に仕事が入っている時期に、自分たちが休むことはまずあり得ない。周囲や悠介本人が許しても、責任感の強い織田が許さないだろう。

そんな事情もあり、今回の悠介のオフは北巳たちにとっても貴重なチャンスだった。

ひさしぶりにまとまった休みを取った悠介は、いまハワイにいる。

恋人と一緒に。

同居人でもある恋人は、名を柏木大和《かしわぎやまと》といい、公立の中学校の教師をしている。

悠介とは幼なじみで、性別は男だ。

CMだけで十社をスポンサーに持つ松岡悠介の恋人が同性であるという事実を、もしマスメディアに嗅《か》ぎつけられたら、蜂の巣をつついたような大騒ぎになるのは火を見るより明らかだ。

恋愛スキャンダルなんて生やさしいものじゃない。

柏木大和の存在は、会社の中でも北巳と織田しか知らないトップシークレットであり、松岡悠介というタレントが抱える最大のリスクでもある。

だがそのリスクを重々承知の上で、北巳も織田も、ふたりの仲を引き裂くつもりはない。

松岡悠介という才能は、柏木大和という存在が傍《かたわ》らにあってこそ、ひときわ輝きを放つ。

逆を言えば、大和を失った瞬間に、悠介は自らの輝きも失うだろう。

松岡悠介をこの先も輝かせ続けるために、ふたりがずっと共にいられるように最善を尽くす。

ふたりを護《まも》るためのフォローとサポートは惜しまない。

それが自分たちの使命だ。

今回まとまったオフを確保するために織田も北巳も奔走《ほんそう》したが、これが悠介の明日へのモチベーションに繋がるのならばなんでもない。

（青い空の下で思いっ切り大和くんといちゃいちゃしてリフレッシュしてこいよ）

ヨーグルトを口に運びながら、ハワイにいる悠介にエールを送っていると、織田が「本日からの休暇ですが、どうしましょうか？」と尋ねてきた。

「うーん……どうしようか」

休暇は取ったが、具体的な予定は立てていなかった。休みに入るギリギリまで忙しくてそれどころじゃなかったというのが正直なところだ。

「今日は午後から出かけるにしても近場でゆったり過ごすとして、残りの四日……一泊か、二泊、温泉で羽休めもいいですね」

その提案には心惹かれた。

「温泉か。十年は行ってないな」

温泉どころか、会社創立以来、夏休みを取ったのも初めてだ。仕事で年に何十回と国内、海外を飛び回っているが、完全なる休暇での旅行もなかった。

好きなことを仕事にしているので、そんな生活に不満もないが。

「いまから取れるかな？」

「直前のほうが意外とキャンセルで取れたりしますから、あとでインターネットで調べてみます」

織田が請け負った。その顔も心なしかうれしそうだ。

（織田としっぽり温泉かぁ）

鄙《ひな》びた温泉で、地物の美味しい食材を肴《さかな》に、ふたりでまったり日本酒を酌《く》み交わす。

想像しただけで顔が自然と緩んだ。にやけそうになる口許を堪《こら》えていると、どこかで携帯が鳴り出した。

織田がスラックスのポケットからスマートフォンを取り出して一瞥し、「母からです。ちょっと外します」と告げて立ち上がる。

リビングから出て行くその背中を見送った北巳は、残りのコーヒーをゆっくり飲み干した。

ヨーグルトを食べ終わり、空のコーヒーカップと器を下げようとして、織田の飲みかけのコーヒーに目がいく。覗《のぞ》いてみたら、まだ三分の一ほど残っていた。

もう冷めてしまっているし、下げてもいいのだったら自分のカップと一緒に洗うのだけれど。

しばらく待ってみたが、織田が戻ってくる気配はない。

痺れを切らした北巳は椅子を引いて立ち上がり、様子を窺《うかが》うためにリビングから出た。廊下の先の織田の部屋のドアが、薄く開いている。近づくにつれ、中から話し声がぼそぼそと漏れ聞こえてきた。

まだ当分終わりそうにないと判断し、踵《きびす》を返そうとした時だった。

「だから、その話は断ってくれと言っただろう」

苛立《いらだ》ったような声に心臓がドキッと跳ね、足が止まる。

恋人のこんな尖った声は、久しく聞いていなかったからだ。

基本、織田は冷静沈着で感情を乱さない。

その実、内に熱いものを秘めているのだが、それを表に出すことは滅多《めった》にない。

(お母さんと喧嘩《けんか》?)

恋人とはいえ家族の問題に立ち入ってはいけない。立ち去るべきだとわかっていたが、足が動かなかった。

「いいお話とか、そういう問題じゃない。こっちにその気がないのに気を持たせたら、先方にも迷惑がかかるだろう」

続けて厳しい声が聞こえ、ぴくっと肩が揺れる。

（え？　……もしかして……見合い話……とか？）

北巳は無意識にもドアに近づき、聞き耳を立てた。

「ああ……とにかく断ってくれ。何度も言っているように、俺は身を固めるつもりはないから。……その気持ちは変わってない。この先も変わらない」

やっぱりそうだ。

確信を得た直後、胸の底がズーンと重く沈み込むのを感じる。

温泉で舞い上がっていた気持ちにいきなり冷水を浴びせられたようなショックを受け、北巳は立ちすくんだ。

織田の見合い話を知ったのはこれで二度目。

一度目は、当時織田が勤めていた商社の常務の娘だった。

あの時は結局織田が縁談を断り、自分と新しく事務所を立ち上げるために商社も辞めてくれた。

それがきっかけでお互いの気持ちを伝え合い、恋人関係となったのだ。

今回も電話の様子から察するに、母親が持ちかけた縁談を断ってくれていたようだ。

北巳にはすでに両親がいない。兄がひとりいるが、兄自身も仕事人間のせいか、浮いた話のない弟に結婚を急《せ》かしたことはない。やりたいことをやって好きに生きろ、というスタンスだ。

だが、ご両親が健在の織田はそうはいかない。

「良くできた自慢の息子」であるに違いない織田が、いつまでも独り身でいることに、ご両親が疑念を抱いて当然だ。

実のところゲイではないのだから、自分とのことさえなければ、とうに身を固めていたはずなのだ。織田ならその気になればすぐにでも、美人で気立てのいい嫁さんをもらい、あたたかい家庭を作ることができる。

良き夫、良き父親になることは、自分が太鼓判《たいこばん》を押す。

この八年、公私共にパートナーであった自分が……。

「……わかった。近く顔を見せに行くから……また連絡する」

電話が終わりそうな気配にはっと身じろぎ、あわてて踵を返してその場を離れようとしたが、一足遅かった。背後でドアが開く。

「……北巳さん？」

呼び止められた北巳は、数秒の間を置き、おそるおそる振り返った。同居人と気まずく目を合わせる。

「立ち聞きするつもりはなかったんだ。コーヒーを下げていいのか訊《き》こうと思って……」

小声で言い訳する北巳を、わずかに瞠目《どうもく》して見つめていた織田が、やがてその目を細めた。

「……聞いたんですね」

「うん……ごめん」

悄然《しょうぜん》とうなずき、素直に謝ると、ふっと息を吐く。

「いいえ、こちらこそ嫌な気分にさせてしまったかもしれません。すみません」

神妙な顔つきで謝罪する織田に、胸がつきっと痛んだ。

なんでおまえが謝るんだ。ちっとも悪くないのに。全然おまえのせいじゃないのに。

痛んだ胸が次の瞬間にはムカムカし出す。

織田に苛立っているのではない。自分に腹が立った。

織田に謝らせてしまった自分に……。

「謝るなよ」

気がつくと、口から低い声が零《こぼ》れ落ちていた。

「おまえが謝る必要ないだろ？　結婚のこと……お母さんが心配するのももっともだし」

そんなつもりはなかったのだが、責めるような口調になっていたのかもしれない。織田の表情が翳《かげ》った。

「……北巳さん」

織田が距離を詰めてくる。足を止め、北巳の目をまっすぐ見つめて言葉を継いだ。

「さっきの電話の件は本当に気にしないでください。俺は四人兄弟ですが、上の兄ふたりは家庭を持っていますし、一昨年、昨年と双方に子供ができました。つまりうちの親には孫もいるんです。父親が興《おこ》した会社は兄たちが継いでいますし、さらなる後継者もできて、三男坊の俺が独身でいてもなんら問題はありません」

織田が自分を気遣い、懸念《けねん》を払拭しようとしてくれているのはわかったが、いっかな気持ちは楽にならない。

それどころか憂いに引きずられ、先程封じ込めたはずの疑念がふたたび、ぼこぼこと水面に浮かび上がってきてしまった。

自分は、与えてもらっているのと同じだけのものを織田に返せているのか。

却って織田から、本来彼が手にすべき未来を奪ってしまっているのじゃないか。

いったんそう思い出したが最後、坂道を転がるようにネガティブ思考に歯止めがきかなくなる。

「だからって……おまえが結婚しなくていいことにはならないだろ」

織田の視線にじわじわと俯き、北巳は言い返した。

「おまえみたいな有能な男が、俺の世話焼いて一生終わるなんてさ。やっぱりどう考えても……」

「北巳さん！」

怖い声を出されて、びくっと震える。のろのろと顔を上げた先——視界に映った織田の表情は、かつて見たことがないほどに険しかった。

「それ以上言ったら、本気で怒りますよ？」

押し殺した怒りの感情が伝わってくる低音に、すーっと全身が冷たくなる。

冷静沈着で鳴らす男の、本気の怒りを目《ま》の当たりにして、北巳は青ざめた。

怒らせた。怒らせてしまった。ついに愛想を尽かされた。

そう思った瞬間、迷子の子供のような心許なさを感じる。

同時に、自分がいかにこの男を必要としているかを思い知った。

もし見捨てられたら、生きていけない。

（ひとりではもう……立っていられない）

どうしたら、許してもらえる？　織田の気持ちを繋ぎ止められる？

いっそここで土下座して謝ろうか。そこまで思い詰め、わななく唇で縋《すが》るように名前を呼ぶ。

「……高秋《たかあき》」

織田がくっと眉間に皺《しわ》を寄せた。

「どうして急にそんなことを言うんですか」

憤《いきどお》りと哀切が混ざり合った表情で問いかけてくる。

「……ごめん。……ごめん……俺……」

声が涙で滲《にじ》むのを必死に堪えた。さすがに泣くのは……恥ずかしすぎる。

「俺……情けなくて……いつまで経ってもおまえにおんぶに抱っこで……仕事でもプライベートでもおまえに依存し切ってて」

それでも溢れてしまう胸の不安を、途切れ途切れに言葉にした。

「こんな俺と一緒にいることでおまえにメリットあんのかって不安になって」

「…………」

「出会ってからずっと……俺ばっかりよくしてもらってる。俺ばっかりおまえを必要として……俺はおまえになにも返せてない」

我ながらたどたどしかったが、言葉を重ねているうちに、織田の表情は徐々に険しさを解いていった。

「……北巳さん」

織田がさらに間合いを詰め、北巳の両腕を摑んだ。顔を覗き込むようにして、しっかりと視線を合わせてくる。少しの間、無言で北巳を見つめたのちに口を開いた。

「むしろ望むところです」

「え？」

予想外の台詞《せりふ》に、北巳は虚《きょ》を衝《つ》かれ、瞠目《どうもく》する。

「あなたが俺なしでは生きられなくなるように……そう仕向けていると言ったら引きますか？」

「……織田」

「もっともっと俺に依存して欲しい。あなたに必要とされたい。あなたの先程の告白は、俺にとって甘美な睦言《むつごと》でしかない」

昏い低音で囁く織田の黒い瞳にも、仄暗い熱が揺らめいて見える。執着心が見え隠れする眼差《まなざ》しに射貫《いぬ》かれ、背筋に甘い戦慄《せんりつ》がぞくっと走った。

「純粋なあなたが考えている何倍も何十倍も、俺は狡《ずる》いんです。あなたを独占するためなら手段を選ばない。あなたを生涯俺のものにできるならなんでもする」

寡黙な男の独占欲に触れ、痺れるような歓喜が全身を駆け巡る。

まだ、織田にこんなに求められている。欲しいと思われている。

その実感は北巳にとって甘露に等しく、すべての懸念や不安を吹き飛ばすだけの威力があった。

でも、言葉だけじゃ足りない。もっと感じたい。もっともっと欲しがって欲しい。

突き上げる欲求のままに、北巳は織田に顔を近づけ、唇に唇で触れた。上唇と下唇を交互にちゅくちゅくと吸ってから、唇の間に吹き込む。

「……好き……」

ぴくりと身じろいだ織田が、北巳の両腕を摑んでいた手を下に滑らせた。腰を摑んでぐっと引き寄せ、至近から北巳を熱く見つめる。

「北巳さん」

自分を呼ぶ低い声に欲情の兆《きざ》しを認め、体がじわっと熱くなった。

密着している織田の下半身に自分の下半身をすりっと擦りつけた北巳は、少し背伸びをして、織田の耳に口を付ける。

「……仲直りしにベッド、いこ」

稚拙《ちせつ》な誘いだとわかっている。こんなところも自分はあまり進歩がない。

それでも織田は、形のいい唇に蕩けるような笑みを浮かべた。

「いいんですか？　たぶん、出かけられなくなりますが」

そんなに？　と思ったが、戸惑いよりも幸せな気分が勝って、うんとうなずく。

「だって……夏休みは始まったばかりだろ？」

不埒で野蛮

1…………《上條》

公私ともに慌ただしく、忙しい年末が暮れた。

明けて新年。

正月の三《さん》が日《にち》は横浜《よこはま》の実家で、上條《かみじょう》本家の家長として、年賀に訪れる親戚や近隣の住人のお相手役を務めて過ごした。

警視庁への登庁は四日から。

警察官といっても、キャリア組である上條たちの仕事は、組織の管理や他官庁との調整を図る『政《まつりごと》』が主だ。

それ故に仕事始めからもしばらくは席をあたためる暇もなく、上司のお伴で庁内、または他庁の挨《あい》拶《さつ》回りに借り出される。その後は逆に外部からの来客が増え、その対応に追われているうちに松の内が明けた。

七日に松飾りが取れたとたん、世の中もニュートラルモードとなり、一気に通常業務が増える。

捜査会議と書類作成に忙殺《ぼうさつ》される日常が戻ってきて、ふと気がつくと一月も二週目が終わりに近づいていた。

(早い)

今年ももう、四十分の一が過ぎてしまったと思うと理由もなく焦《あせ》る。

捜査一課の自分のデスクで愛用の革の手帳を開いた上條は、一月のスケジュール欄をじっと見つめた。

　基本平日は、びっしりと深夜近くまで一時間刻みのスケジュールが書き込んであるが、明日の夕方六時以降のスペースだけは空欄にしてある。

　明日――一月十日は、恋人である織田冬輝《おだふゆき》の三十回目の誕生日だ。

　つき合い始めて初めて迎える記念すべきその日の夜をふたりで過ごすために、仕事（主に会食・接待のお伴）の予定を入れられないよう、上條は昨年の暮れから慎重に根回しをしてきた。

　その甲斐《かい》あってか、いまのところは空欄を死守できている。もっとも、突発的な大事件が起こってしまったらどうしようもないが……それに関してはもはや神の領域なので、あれこれ気を揉んでいても仕方がない。

（……いよいよ明日か）

　思い詰めた表情で手帳を閉じる。その後、周囲にさっと視線を配り、部下が各々自分たちの仕事に没頭しているのを確認したのちに、サイドデスクの上から二番目の抽斗《ひきだし》を引いた。書類のフォルダーの上に置かれた、かわいらしい装丁の本と目が合う。

『食べさせてあげたい、カレシごはん♥』

　何度見ても目が泳ぐタイトルだ。だがいまこのレシピ本が、世の女性から絶大なる支持を受けているという噂は、世事に疎《うと》い上條でさえ耳にしていた。

　初心者でも簡単に作れ、それでいて恋人に喜んでもらえる料理レシピが満載らしい。

　噂は聞いていたものの、さすがに人目が気になって書店では手に取れず、ネット購入を考えていた。ところが一昨日の深夜、帰宅してみると、ダイニングテーブルの上に当のレシピ本が無造作に置かれていたのだ。

発見した瞬間、欲するがあまりに脳が見せた幻覚かと思って二度見した。手に取って、ようやく幻でない実感が湧いた。

どうやら妹の梓《あずさ》が置き忘れていったものらしい（他にこの本を買うような家人の心当たりがないという消去法により導き出した結論だ）が、上條の目には神からの贈り物のように映った。

心の中で妹に（ちょっと借りる。すぐに返すからな）とつぶやき、上條はレシピ本をこっそり自室に持ち込んだ。

もちろん梓が「ない」と騒げばすぐに戻すつもりだったが、先日梓が大ファンの俳優、松岡悠介《まつおかゆうすけ》のサイン入り色紙を手に入れてやったばかりなので、数日拝借するくらいは許してくれるはずだ——と都合よく解釈する。それほどレシピ本を必要としていたのだ。

その夜、ベッドの中でじっくりとレシピ本を拝読した上條は、初心者の自分でも比較的問題なく作れそうなレシピをいくつかピックアップした。

さらに一日かけて、あらゆる角度から候補のレシピを検証し、一点に絞り込んだ。

絞り込んだレシピページは繰り返し読み込み、すでに段取りを諳《そら》んじられるほどになっている。

（あとは材料を購入して作るのみ。大丈夫だ。きっと上手くいく）

自分に言い聞かせ、ひとりでうなずく。

先だって織田に、誕生日の過ごし方をさりげなく尋《たず》ねた際、「そうだな……平日だし、外で畏《かしこ》まって食事するよりは、家でまったり過ごしたいかもな」という答えが返ってきた。

現場の刑事として、土日もなく事件解決に追われる多忙な恋人が、そう望むのも無理からぬことと理解できた。なので上條も候補に挙げていたいくつかのレストランを脳内から消去し、ホームパーティに計画を変更したのだ。

ホームパーティとなれば、手料理は外せないだろう。出来合いの総菜《そうざい》を買ってくる手もあるが、特別な日にそれではやはり味気ない。

誕生日プレゼントとしてはちょっといい赤ワインを考えている。

その赤ワインに合うような手料理を振る舞うのがベストだ。

ところが「男子厨房に入るべからず」を家訓に育った上條は、生まれてこの方、まともに台所に立ったことがない炊事音痴だ。

織田とこうなるきっかけとなった張り込み現場でも、三食任せ切りだった。

つき合い始めてからも、酒のつまみや泊まった翌朝の朝食などすべて、料理上手（そして甘やかし上手）な恋人に作ってもらうばかりで、上條自身は一度も織田のマンションのキッチンに立ったことがない。完全に上げ膳据え膳のお客様状態だ。

織田は「俺が好きでやってんだから、気にするな」と言ってくれるが。

恋人の誕生日くらいは、手ずからの料理でもてなしたい。

手料理で迎えたら、織田はどんな顔をするだろうか。

『これ、全部おまえが作ったのか!?』

驚く恋人の顔を想像し、口許が自然と緩む。

『なんだよ。やればできるじゃないか』

そうだ。俺だってやればできるんだ。いままでやってこなかっただけで。

想像で悦《えつ》に入っていると、視線を感じた。顔を上げて、部下のひとりと目が合う。次の瞬間、うっかりまずいものを見てしまったというふうに、向こうから視線を逸《そ》らされた。

「…………」

しまりのない顔を見られた気まずさに、コホンと咳払いをする。

抽斗をピシャリと閉めた上條は、いつものポーカーフェイスを作るために、眼鏡のブリッジを中指でくいっと持ち上げた。

翌日の午後五時半きっかりに警視庁を出た上條は、地下鉄を使って織田のマンションの最寄り駅まで移動した。

警視庁がある桜《さくら》田門《だもん》近辺には、食材が購入できるようなスーパーはない。その点、織田が住む近隣には庶民的なスーパーがいくつかあった。

駅から一番近いスーパーに入り、メモを片手に必要な食材を揃え始める。

だが、コンビニはともかくスーパーはほとんど足を踏み入れたことがないので、なにがどこにあるのか見当がつかず、思ったよりも手間取ってしまった。

（十分のロスだ）

腕時計に視線を落とした上條は、予定時刻を十分経過していることに焦りを覚えた。ロスを取り戻すために、織田のマンションまでの道を早足で歩く。

巻いたおかげで普段は十分かかるところを六分に短縮してマンションに着き、エレベーターで三階まで上がった。

スーパーのレジ袋を左手、アタッシェケースを右手に提げ、外廊下をカツカツと歩く。

突き当たりの角部屋が織田の部屋だ。さっき念のために下から窓をチェックしたが、明かりは点《つ》いておらず、暗かった。

予定どおり、織田はまだ帰宅していない。

両手の荷物をいったん床に置き、コートのポケットからキーケースを取り出す。

合い鍵を渡されたのはずいぶんと前だが、使うのは今日が初めてだった。

「これ、おまえの分な。持っててくれ」

そう言って織田が合い鍵を渡してくれた時の、なんとも言えずうれしかった気分が蘇《よみがえ》ってくる。

おまえが会いたい時にいつでも来ていいんだぞ、と言われた気がして……。

使用する機会はなかなか訪れなかったが、お守りのようにキーケースに大事に仕舞って、ことあるごとに眺めていた。

その合い鍵をいよいよ使う日が来たのだ。

緊張の面持ちで、鍵穴に鍵を差し込む。カチャッと解錠し、ドアノブを摑んでドアを引いた。真っ暗な玄関の電気を点けて革靴を脱ぐ。

「……お邪魔します」

誰にともなく、上條は小さくつぶやいた。

恋人がいない部屋に上がり込むという行為には、ほんの少しの後ろめたさと甘酸っぱさが付きまとう。

パチパチと照明を点けていき、思ったより小綺麗《こぎれい》に片づいているリビングでコートとジャケットを脱いだ。脱いだものは、寝室のクローゼットのハンガーに掛ける。

キッチンに戻り、カフリンクスを外してシャツの袖をまくった上條は、荷物の中から取り出した胸当て付きのエプロン（この日のために元町《もとまち》で購入した新品だ）の輪っかを頭に通した。腰の後ろでエプロンの腰紐をきゅっと縛る。

スーパーのレジ袋の中から取り出した食材を作業台の上にずらりと並べ、腕時計の文字盤を確認した。

七時十五分。

織田の帰宅は九時の予定だから、一時間四十五分の勝負だ。

「よし、やるぞ」

声に出して気合いを入れた。


2…………《織田》

「あれ、織田さん、今日はもう上がりですか？」

階段の踊り場で鉢合わせした西尾《にしお》に声をかけられ、織田は足を止めた。

「おー、ちょいと野暮用があってな。おまえはまだ残業か？」

「はい、最近外回りが多くて書類仕事が溜まっちゃって。もうちょっとやっていきます」

織田が預かった時はどうしようもないチャラ男だった西尾だが、ここ最近は心を入れ替え、真面目にやっているようだ。足で稼ぐような地道な聞き込み捜査も嫌がらず、せっせと精を出している。

そのせいか、心なしかツラ構えがデカらしくなってきた。

「金曜だし、適当なところにしておけよ？　仕事熱心なのはいいが、あんまり入れ込みすぎると彼女に振られるぞ？」

「大丈夫っスよ。彼女も警官だし、そのあたり理解ありますから」

そう言ってにっと笑った西尾が、「お疲れ様です」とぺこっと頭を下げる。

「お疲れ」

それに片手を挙げて応え、織田は階段を下りた。裏の通用口から目黒《めぐろ》署を出て、駐車場に停めてあった車に乗り込む。エンジンをあたためながらダッシュボードの時計を見た。

「八時半か」

いまの時点で、緊急の事件が起きたというメールは届いていない。となれば、上條はそろそろマンションに着き、合い鍵で中に入っているはずだ。

さっきの西尾じゃないが、自分と上條も警察官同士。

お互い、突発の事件が起きれば約束を反故《ほご》にせざるを得ない身の上故、「絶対」がないことは重々承知だが、どうやら今夜は無事に会うことができそうだ。

思わず顔が緩む。

今夜の逢瀬《おうせ》をアプローチしてきたのは、上條のほうからだった。

今日は織田の三十回目の誕生日なのだが、上條はちゃんとそれを覚えていて、一緒に祝ってくれるつもりらしい。

正直ついに三十路《みそじ》か……という感慨を除けば誕生日にさほど思い入れはない。

ここ数年は、事件で駆けずり回っているうちにいつの間にか過ぎ去っていたし、母親や兄からのメールで思い出すこともあったくらいだ。

だが、今年は特別だ。独り身だった例年とは違い、今年は恋人がいる。

それも、長く片恋をこじらせ、まずもって成就《じょうじゅ》はあり得ないと諦めていた相手だ。

奇跡的に想いが通じ合った恋人が、忙しい週末の時間を自分のために割《さ》いてくれる。その気持ちがうれしかった。

しかも上條に会うのは、昨年の暮れ以来、実に二週間ぶり。

(これでテンション上がるなってほうが無理だろ?)

鼻歌交じりにステアリングを握り、約十五分のドライブを経て、自宅マンションの地下駐車場に車を入れたのが八時四十五分。階段でエントランスロビーに上がり、エレベーターに乗り込む。

三階でエレベーターを降りた織田は、外廊下を歩き、自室のドアの前で足を止めた。

ついいつもの癖でコートのポケットから鍵を出しかけ――いやいや待て待てと自分を制する。

(必要ない。……うん、必要ない)

照れたように頭を掻き、コホンと咳払いをひとつして、チャイムに人差し指を押し当てた。

ピンポーン……。

自宅のチャイムを鳴らすのは今日が初めてだ。こそばゆい気分で待っていると、ドア越しにパタパタとスリッパの音が聞こえてくる。

（おー、いるいる）

その音に胸をときめかせて待った。

やがて鍵を回す音が響き、ガチャッとドアが開く。

隙間から、うっすら紅潮した上條の顔が覗いた。

二週間ぶりに拝む恋人の美貌に、心臓がトクッと鼓動を刻む。

上條は織田の姿を認めた刹那《せつな》、はっと目を瞠《みは》り、一拍おいて掠れ声を発した。

「お……かえり」

「た……だいま」

つられて織田も声が上擦《うわず》る。

「は、早かったな」

「……おう」

（おおー、なんか新婚みたいじゃねぇかっ）

心の中で叫び、跳ね上がったテンションのままに、織田はドアに手をかけて大きく開いた。直後、視界に飛び込んできたビジュアルに息を呑む。

「………っ」
エ、エプロン!?

カッと両目を見開き、恋人のめずらしい出で立ちをまじまじと見つめた。

常に一分の隙もなくエリート然とした恋人と胸当てエプロンという意外な組み合わせは、思いがけなく……いや、そんなことを言ったら上條は怒るだろうが、そのぎこちなさというか、いかにも着け慣れていない感がなんとも初々《ういうい》しく……新妻テイスト。

上條はすらりとスタイルがいいのでなにを着ても似合うが、これはまた格別な趣《おもむき》がある。

(いいねー。エロいねー。たまらんね)

目を細めてじっくりと恋人のソソるエプロン姿を堪能していた織田は、ほどなく、ん？　と片眉を持ち上げた。

よくよく見れば、普段は一筋の乱れもなく撫でつけている髪が額に落ち、いつもは涼やかな生え際にも、まるで全力疾走したあとのようにみっしり汗が浮いている。

「どうした？　なにかあったか？」

訝《いぶか》しげな声で問うと、上條がくっと顔を歪めた。首を前に倒し、蚊の鳴くような声を落とす。

「……すまない」

「上條？」

「その……まだ途中なんだ。思っていたより手間取ってしまって」

「途中？」

恋人の謝罪の意味がわからず、小首を傾げながら、靴を脱いで部屋に上がった。廊下を行く織田の後ろを、上條がとぼとぼとついてくる。

内扉を抜けてリビングに入り、キッチンに視線を向けた織田は、ぎょっと目を剝《む》いた。

シンクに山盛りに積み上げられたボウル、トレイ、フライパン、鍋。作業台が見えないほどに散在した食材、缶詰、調味料。飛び散ったパン粉、塩、こしょう、その他もろもろ……。

とっ散らかったその惨状から推察して、上條が料理を作ろうとしていることはわかった。

「ロ、ロールキャベツを作ろうと思ったんだ……。赤ワインに合うと思って」

背後からぼそぼそと声が聞こえる。振り向くと、上條が決まり悪そうに俯《うつむ》いていた。

「レシピと段取りは頭に入っているんだが、思ったように上手くいかなくて……」

料理は経験値がものを言う。

ただでさえ料理に関してはビギナーであるというハンデに加え、上條は筋金入りのぶきっちょだ。その不器用さはもはや神の悪戯《いたずら》としか思えないレベルで、織田も以前、秋刀魚《さんま》の刺身をミンチにされた苦い経験がある。

頭で想像していたとおりにコトが進行しない。なのに時間は無情にも刻々と過ぎる。焦燥《しょうそう》が募り、余計パニックになってしまったんだろう。パニクればパニクるほど、粉を零《こぼ》したり、材料をぶちまけたりと状況が悪化するのはお約束だ。

泣く子も黙る警察キャリアが慣れない手つきで懸命にキャベツと格闘している様を思い浮かべ、ぷっと噴き出しかけ——あわてて口を手で押さえた。

むっとした上條がこちらを睨《にら》みつけてきたからだ。

「いや……すまん。大変だったな。その……俺のために作ってくれてるんだろう？」

その気持ちだけで充分だったし、織田としては恋人のエプロン姿を見ることができただけでおつりが来る心境だった。しかし上條的には、織田の帰宅までに全作業を終えて、完璧な形で出迎えたかったらしい。

思い描いていたプランが脆《もろ》くも崩れ去り、わかりやすく落ち込んでいる恋人に、織田はフォローのつもりで言葉をかけた。

「俺も手伝うよ。ほら、ふたりでやったほうが早いだろ」

だが、せっかくの申し出を、頑《かたく》なな顔つきで拒まれる。

「いや、いい。おまえは着替えてこい」

「……そうか？」

「俺ひとりで大丈夫だ」

きっぱりと言い切られてしまえば、それ以上は言えなかった。

寝室でスーツを脱ぎ、Vネックのセーターとワークパンツに着替える。リビングに戻ると、キッチンの上條がキャベツを相手に奮闘していた。

キャベツ玉から葉を剝《は》がすために、芯の際に包丁で切れ目を入れているのだが、その手つきがなんとも危なっかしい。

後ろに立ってしばらくやきもきと見守り続けていたが、見かねてもう一度声をかけた。

「なぁ、やっぱり手伝……」

「いいから！」

殺気立った声を発した上條が振り返り、キッと睨みつけてくる。

「おまえは今日はゲストなんだから、座って待っていてくれ」

ドスの利いた低音で言い渡された。

そうは言われても、とても腰を落ち着ける気分にはなれない。とりあえず自分の存在がプレッシャーになるといけないと思い、少し離れた位置から遠巻きに見守ることにした。気分はすっかり、子供の初めてのお手伝いを見守る保護者だ。

（こらこら、力みすぎだ。そんなに力を入れたら、キャベツがグラグラして手許が定まらないだろ？　キャベツにもっとやさしく接しなきゃ……うわ、なんつー包丁の使い方してんだ……）

怖くて見ていられない。ハラハラしすぎて後頭部に変な汗を掻く。

「おい、包丁研いだばかりで切れるから気をつけ……」

注意を促した直後だった。

「いたっ」

上條が悲鳴をあげた。言わんこっちゃない。

「どうした？　切ったのか？」

大きな声を出して恋人に駆け寄った。どうやら左手の中指の先を切ったらしい。指先から血の粒が盛り上がっているのを見た織田は、とっさに上條の左手を摑み、指を口に含んだ。

溢《あふ》れ出る血をきゅっと吸った瞬間、上條がびくんっと震える。

「アッ……」

妙に色っぽい声を出した恋人を上目遣いに見た。朱《しゅ》を刷《は》いたように、白皙《はくせき》がじわじわ染まっていく。

痛みに潤んだ瞳と、まるで誘っているかのように薄く開かれた唇。二週間ぶりの恋人の匂い立つような色香に魅《み》せられ、織田は至近距離から美しい貌にじっと視線を注いだ。

両目を瞬かせた上條が、すっと顔を背ける。端整な横顔がうっすら赤い。

腹の中で舌打ちしたくなった。

（ったく、これ以上煽《あお》るなって）

ただでさえ、キッチンに立つ恋人の覚束ない手つきと無防備な腰に、ハラハラすると同時にムラムラきていたのだ。

咥えていた指を口から出した織田は、まだ血が滲んでいる傷口をぺろっと舐めた。上條がふたたびぴくんっと身じろぐ。真っ赤に染まった耳に唇を寄せ、耳殻《じかく》に低く囁いた。

「……どうした？」

「な、なんでもな……」

「なんでもなくはないだろう。耳が真っ赤だぜ？　指をしゃぶられて感じたのか？」

「ちが……っ」

顔を背けて否定の声を発する恋人の頤《おとがい》に手をかけ、ぐいっと顔を正面に引き戻す。不意を衝《つ》かれた唇に唇を押しつけた。

「なっ……なにす……ンっ」

抗《あらが》いの言葉を封じ込めるがごとく、薄く開いた唇の隙間に舌をねじ込む。すかさず舌を舌で搦《から》め捕《と》ると、上條がふるっとおののいた。

「んっ……ぅんっ……んんっ」

上條が両腕を突っ張り、織田を自分から引き剝がそうとする。だが織田は逆に上條の身を抱え込み、抵抗を阻んだ。

「ンッ……ふっ」

もみ合いの最中《さなか》も口の中の弱い場所を舌で嬲《なぶ》り続ける。ほどなく密着した体からじわじわと力が抜け、抵抗は形ばかりになった。胸を押していた上條の手が、織田の背中に回り、セーターをきつく摑む。ふたり分の唾液が混じり合い、鼓膜に水音がくちゅくちゅと響いた。

「う……ンッ……ぅん」

二週間ぶりの甘い口腔内を味わい尽くした織田は、唾液の糸を引いてゆっくり唇を離す。

くちづけを解かれた上條が、くったりと胸にもたれかかってきた。

3……………《上條》

システムキッチンのステンレスシンクの縁に両手をつく形で立たされた。背後に立つ織田が後ろから覆い被《かぶ》さってきて、なおかつ不埒な手がエプロンの下に潜《もぐ》り込んでくる。

さっきのキスだけですでに反応してしまっている浅ましい昂《たかぶ》りを、スラックスの布地の上からぎゅっと握り込まれた上條は、背中をぶるっと震わせた。

「もう反応してるぜ？」

その淫らさを詰《なじ》るような声音を、織田が耳許に吹き込む。

とっさに首を横に振ったが、どんなに否定したところで、織田の手の中で息づく欲望は隠しようがなかった。

　こんな場所で……居たたまれない。

　作業途中のキッチンで、立ったまま欲情している自分に、激しい羞恥が込み上げる。

　もともとイレギュラーには弱い質《たち》だ。

　逃げ出したかったが、織田にがっしりと抱き込まれてしまっているのでそれもできない。

　まるで「あの時」のようだ。

　張り込み現場で、不遜で野蛮な男に夜な夜な壁際まで追い詰められ、逃げ場がないままに手練手管《てれんてくだ》で責められて、あられもない声をあげさせられた――「あの時」。

　蘇った記憶に顔を火照《ほて》らせている間にも、織田がちりちりとファスナーを下ろし、今度はスラックスの中に手を入れてくる。

　さらに下着のゴムを指で器用に引き下げ、半勃ちのペニスをずるっと引きずり出した。

「あ……っ」

　冷気に触れる心許なさに身が竦む。こちらもふるりと震えた欲望を、織田が大きな手で包み込んだ。

　上條の喉からふっと熱い息が漏れる。

　ひさしぶりの、恋人の手の感触。

　適度に硬くて弾力のある手のひらに握られると、それだけで気持ちよくてうっとりとした心地になる。

　織田が包み込んだ手をやさしく動かし始めた。手のひら全体でゆっくりと扱《しご》き上げながら、指の腹で裏の筋やカリのくびれなどの敏感な部分をさする。

「んっ……んっ」

弱いところを知り尽くした愛撫に、覚えず腰が揺れた。

親指の腹で撫で回された先端から、さほど時を置かずに透明な蜜が溢れ出す。

溢れた先走りを円を描くように塗り広げられ、指とカウパーが擦れるたびにヌチュン、クチュンと水音が立つ。淫靡《いんび》な粘着音に、じわっと顔が熱くなった。

「もうぬるぬるだ……どうやら浮気はしていなかったようだな」

含み笑いの囁きに、カッと頭に血が上る。

「……あ、あたりまえだろうっ」

上條の憤慨《ふんがい》には取り合わず、織田のもう片方の手がエプロンの胸当ての下に潜り込んできた。

「自分で……ここは弄《いじ》っていなかったのか？」

ここ、を指し示すようにシャツの上から乳首を摘《つま》む。

きゅっと捻り上げられた瞬間、びりっと背筋に電流が走り、上條は「あうっ」と高い声を発した。

織田とこうなる以前はただの飾りでしかなかったそれは、恋人と抱き合う都度《つど》執拗に弄られ、かわいがられ、いまではもっとも感じやすい性感帯のひとつとなってしまっている。

風呂に入るたびに、鏡に映るふたつの突起が大きくなっている気がして……つい、自分でも触ってしまう。弄れば弄るほど色が濃くなって膨《ふく》らむのはわかっているのだが、どうしても気になるのだ。

けれど、自分で弄る時は、こんなふうに感じない。

微弱な甘い電流が走るのは、織田に弄られた時だけだ。

「あっん……ッ」

性器をぬるぬると扱かれるのと平行して、乳首を捏《こ》ねくり回される。二種の淫らな責め苦に全身が「熱」を孕《はら》み、腰が淫猥《いんわい》に揺らめく。

太股の内側がぴくぴくと痙攣《けいれん》し、膝がカクカク震えた。ステンレスシンクに縋っていなければ、いまにもへたり込みそうだ。

少し強い力で扱かれ、背中を反らす。

「ふ……あっ……ぁっ」

仰向いた喉から途切れ途切れの声が零れた。

下腹が急激に熱を持ち、高まる射精感に、黒目がじわりと濡れる。半開きの唇から漏れる息も熱い。

「冬……冬輝……んっ……あっ……もうっ」

限界が近いことを訴えると、追い上げのピッチが上がった。いまにも下腹部の熱の塊《かたまり》が爆発しそうだ。頭が白く霞《かす》み、眼裏《まなうら》で火花が散る。

「あっ、あっ、あ――ぁあ――っ」

高い声を放ち、上條は欲望を弾けさせた。びゅっと白濁が飛び、新品のエプロンを汚す。

「……は……」

脱力し、ぐずぐずと頽《くずお》れかける上條を、織田が背後から支えた。

「……たくさん出たな。……俺ももう、こんなだ」

耳殻に熱い息を吹きかけられ、尻に昂りをぐりっと押しつけられて、背中が甘く震えた。

尾《び》てい骨に感じる、恋人の「熱」。

すごく硬くて……熱い。

首筋がぞくぞくと粟立《あわだ》ち、押しつけられた場所がズクズク疼く。

欲望の熾火《おきび》がふたたび熱を孕む気配に息を呑んだ。

いくら二週間ぶりとはいえ、たったいま達したばかりなのに……。

自分のすさまじい飢えっぷりに頭がクラクラした。

「なぁ……ベッドに行こうぜ」

わざと当たるように腰を強く押しつけ、織田が低く誘う。

ベッド？

こんな状態でベッドになんか行った日には一時間は戻ってこられない。そんなことになったら、せっかくの計画がめちゃくちゃになってしまう。

危機感を覚えた上条は、最後の理性を掻き集め、懸命に抗った。

「だ、だめだ……ロールキャベツがまだ……」

「ロールキャベツはあとで一緒に作ればいいだろ？」

「で、でも……」

(それじゃあ意味がない……)

誕生日プレゼントじゃなくなってしまう。だめだ。だめだ。だめ……。

「先におまえを食いたい」

欲情に濡れた低音に、最後の理性の壁を突き崩される。とてつもない破壊力だ。

「……っ」

耳朶《じだ》にくっと歯を立てられた刹那、腰の奥にズンッと重い衝撃を感じた。半勃起状態だったペニスがぐっと反り返る。完全に火が点いてしまった。

「あっ……」

「どうした？」

思わず前屈みになる。

「お、だ……っ……」

涙声で名前を呼ぶと、事態を察したらしい織田が、「ちょっと待ってろ」と言った。手が前に回ってきて、もどかしい手つきでベルトを外される。ベルトの重みでスラックスがすとんと足許に落ちた。続けて下着をぐいっと下ろされ、足首からスラックスごと抜き取られる。

エプロンとシャツのみで、下は剝き出しの自分に上條は激しく狼狽《うろた》えた。

キッチンで下半身を露出しているというシチュエーションだけでも上條には充分受け入れ難《がた》かったが、織田はそれで済ませるつもりはさらさらないようだ。

（まさか……ここで？　立ったまま繫がる気か？）

不安は的中した。尻肉を割るようにして濡れた先端を押しつけられ、背筋にぞくっとおののきが走る。

そんな……いけない。こんな場所で。

罪の意識とは裏腹に、いつにもまして昂っている自分を感じ、上條は奥歯を嚙み締めた。

常識に縛られがちな自分を、織田という男はことあるごとに荒々しく翻弄する。コツコツと積み上げたモラルという名の積み石を薙《な》ぎ払い、根底から覆《くつがえ》す。

そのたび傲慢《ごうまん》で強引な男のやりくちに苛立ちを覚えつつも、なにものにも囚われない自由な精神にどうしようもなく惹《ひ》かれてしまう自分がいるのだ。

正反対であるからこそ、狂おしく求めずにいられない。

「……入れるぞ」

低い宣告とほぼ同時に、めりっと身を割られる。

「ひっ……」

悲鳴が口をついた。

反射的に逃げを打つ体を後ろから強く押さえつけられ、ゆっくりと先端を呑み込まされる。体中の毛穴から冷たい汗が滲み出て、生理的な涙で両目が濡れた。

苦しさを逃そうとぱくぱくと口を開閉したが、喉が詰まって声が出ない。体が萎縮しているせいだとわかっていたが、力の抜き加減がわからなかった。

「……玲司《れいじ》……足を開いて力抜け……これじゃ入らない」

織田の声も苦しそうだ。だが、ブランクでコツを思い出せない。

「……で、……きな……」

かろうじて口にすると、織田が「ひさしぶりだもんな」とつぶやいた。先端を少し含ませたまま、前に手を回して上條の性器を握る。左手で陰嚢《いんのう》を揉み、右手でシャフトを扱く。

さほど間を置かずに緩やかな快感が染み出てきて、右手の中のペニスが芯を持ち始めた。

「……ふ……っ」

体の強ばりが解け、喉の奥から吐息が零れる。それを待っていたかのように、織田が腰を入れてきた。少しずつ、織田が自分の中に入ってくるのがわかる。熱い楔《くさび》にじわじわと穿《うが》たれる衝撃に、上條は顎骨をきつく食い締めた。

「……うっ……く……」

それでも徐々に感覚を思い出してきて、一番太い部分を呑み込んでしまえば、残りは比較的容易に受け入れることができた。

根元までぐっと押し込んだ織田が、背後からぎゅっと抱き締めてくる。すべてを受け入れた褒美のように、首筋や耳朶、頬に、肉感的な唇を押しつけられた。

「……熱《あつ》……」

肺に溜まっていた息が漏れる。

自分の中にいる織田、そして外から自分を包み込んでいる織田の肉体、どちらも熱い。

硬くて大きな体に抱き締められているうちに、欲望の印を埋め込まれた場所がジンジンと疼いてきた。

やがて織田が抱擁《ほうよう》を解き、ずるっと引く。ギリギリまで抜いて、ぐぐっと押し込む。

突然始まった抽挿《ちゅうそう》に、上條はステンレスシンクの縁を握り締めた。

「はっ……はっ……」

当初は、織田の動きについていくだけで精一杯だったが、だんだんと快感を追えるようになる。反り返った切っ先で深い部分の前立腺を抉《えぐ》られ、背中がビリビリ震えた。

こればかりは、自分ひとりでは得ることのできない快楽だ。

上條自身、織田に教え込まれて以降、その快感の底知れぬ深さに溺《おぼ》れてしまっている。

一度それを知ってしまった身には、性器を扱くだけの吐精ではもはや物足りない。

時々、そんな自分が怖くなることもあるが……。

ソコを擦られることでスイッチが入り、中がうねって織田を締めつけるのを止められない。

「すげぇ……」

吐息混じりの囁きから、織田の興奮と官能を感じ取り、上條の興奮もいや増した。そそり勃った欲望の先端も、新たなカウパーに濡れている。

腰を摑んだ織田に突き上げるようにねじ込まれた上條は、「はぅっ」と背中をしならせた。背後の息が荒くなっていくにつれて、動きも激しくなる。ゆさゆさと揺さぶられ、シンクの縁に指を立てて縋りついた。パンパンと尻肉と尾骨がぶつかる音がキッチンに響く。

「あっ……ぁ、んっ」

嬌声《きょうせい》が跳ねる。

荒々しく突き上げられ、視野がぶれる。揺れ動く視界に映り込む——壁の白いタイル、水道の蛇口、シンクに積み上げられた鍋とフライパン。

こんな場所で動物みたいに発情して交わっている自分たちが不思議だった。

だがその違和感も、一差しごとに大きくなる快感によって片隅に追いやられていく。

頭の中が官能で塗りつぶされ……。

(もう……なにも考えられない)

自分を貪欲に貪る男と、自分の中を往き来する灼熱の楔のこと以外……考えられない。

ついにすべての思考を放棄し、上條は灼けつくような快感に身を任せた。

4…………《織田》

「おまえのせいで練りに練った完璧な計画がめちゃくちゃだ。九時前に帰ってくるし、キッチンでサカるし、エプロンは使い物にならなくなるし」

くったりとベッドに伏した上条が、恨み節をぶつぶつと枕に零す。

結局、キッチンで一戦交えたあと、ベッドに移ってさらにもう一回抱き合った。

一度飢えた体に火が点いてしまうと、一回じゃまったく鎮火《ちんか》しなかった。

なにせ二週間ぶりの上条だ。極上の大トロよりとろっとろに蕩《とろ》けて、あまーい体だ。おかわりするなと言うほうが無理がある。

(本当はもっともっと欲しいが)

さすがにこれ以上やったら、上条が起き上がれなくなるであろうと、渋々、恋人の中から抜け出た織田は、傍《かたわ》らの恋人を「まぁまぁ」と宥《なだ》めた。

「物事は計画どおりにいかないからおもしろいんだって。サプライズあってこその人生だよ」

もっともらしい慰めを口にし、白い背中をあやすように撫でたが、恋人はそう簡単には納得しない。

「本当は、おまえが帰ってくる前にロールキャベツを作り、きちんとテーブルセッティングまで完成させる予定だったんだ。おまえのために用意した赤ワインで乾杯して……」

「その気持ちは大変にありがたいが、俺はいま充分……いや十二分に満足している。おまえのかわいいエプロン姿を堪能できた上に、エプロンエッチまでできたしな」

ついついにやけた声を出すと、上條が突っ伏していた顔を上げた。首を捻り、怪訝《けげん》そうな面持ちで織田を見る。

「エプロン……エッチ？」

聞き慣れない言葉を訝るような声音に、大きくうなずいた。

「キッチンでエプロンの新妻とエッチは男の究極のロマンだろ？　正直、これ以上のものは考えつかないほどに完璧で最高の誕生日プレゼントだよ」

上條の顔がじわじわと紅潮する。怒りと羞恥が入り交じった複雑な表情を浮かべ、しばらく唇をわなわなと震わせていたが、不意にぷいっと顔を背けた。

「もういい！　おまえにはなにもやらん！」

叫んだのちに、ふたたび枕に突っ伏す。

「そう拗《す》ねるなって」

顔を埋めてしまった恋人の、形のいい後頭部に手を置き、指通りのいい髪を指で梳《す》いた。

「マジでさ、おまえが一緒にいるだけで充分なんだ。……他にはなにもいらない」

嘘偽りない心からの本心だった。

実るはずがないと諦めていた想い。

奇跡が起こり——いまこうして共にいられることが、自分にとって人生で一番の贈り物だ。

（これ以上……なにを望む）

白いうなじを撫でる。

指先から伝わる体温に、痺れるような幸福感と、ほんの少しの切なさが込み上げてくる。

織田は身を屈め、肩先にくちづけた。

「…………」

上條がゆっくりと顔を上げ、織田を顧《かえり》みる。切れ長の双眸《そうぼう》がまっすぐ見つめてきた。

警察という硬直した組織の上層部に身を置いてなお、決して濁ることのない、高潔なまでに澄んだ瞳。

織田は吸い寄せられるように白皙に顔を寄せた。

「玲司……愛してる」

「……冬輝」

「三十路の俺もよろしくな」

上條がふっと笑う。

「なんだ、それ」

「ずっと側《そば》にいてくれってことだよ」

返事の代わりに微笑みを象《かたど》った唇が近づいてきて、織田の唇にそっと了承のキスをくれた。

騎士は野獣

【日程どおりに明日戻れそうだ。成田に十四時着の便で戻る。夕方の部内会議に間に合うよう、空港から直接会社に向かう予定だ】

スマートフォンに届いた最新メールをチェックして、真海《まさみ》の唇からはふーっとため息が零《こぼ》れ落ちた。

（やっと……）

やっと帰ってくる。ここまで本当に長かった。

恋人であり、血の繋がりこそないがひとつ下の弟で、共に暮らす家族でもある水嶋奎吾《みずしまけいご》が、長期出張に旅立ったのは二週間前。

行き先は『ラメール』本社があるフランスだった。

真海も奎吾も、外資系化粧品メーカー『ラメール・ジャポン』に勤めている。所属部署は異なり、真海が宣伝販促部広報課、奎吾はマーケティング部だ。

パリ本社の信頼も篤《あつ》く、幹部候補と呼び名の高い奎吾が、これまでも海外出張で家を空けることは数多くあったが、さすがに二週間の長期は初めてだった。

今回の出張の目的が、フランスを拠点としたヨーロッパ各地の視察だったので、ここまでの長期に亘《わた》ったのだ。

東京ブランチのいち社員を本社幹部の欧州視察に同行させるのは異例であり、これだけでも本社が奎吾にかける期待のほどが窺《うかが》える——と一時期社内でも話題になった。

奎吾の実力が上層部に認められていることに関しては、真海自身家族として、また恋人としてとても誇らしい。奎吾が、そのポテンシャルを活かせるポジションにあることを、心からうれしく思う。

だがその反面、二週間離ればなれになるのはやはり寂しかった。

三十年近く一緒に暮らしているせいか、余計にその不在が骨身に沁みる。

もちろん毎日電話で話はしていたし、インターネット回線経由で顔を見てもいたけれど、それでも欠乏感は日増しに強くなり……。

(それも今日で終わりだ……)

真海は足りなくなった「奎吾」を補完するために、愛しい男の顔を思い浮かべた。

非の打ち所なく整い、怜悧《れいり》で理知的な印象を与える面立ち。撫でつけた髪とステンレスフレームの眼鏡が、クールなイメージを増幅させているかもしれない。

だが、その内側がとても熱いことを自分は知っている。

思い決めたら一途《いちず》で、愛情深く、情熱的であることも。

明日には会える。二週間ぶりに奎吾に会える。

スマホの画面を見つめて、じわじわと込み上げてくる歓喜を噛み締めていた時だった。

「真海、終わった?」

背後から聞こえてきたなじみ深い声に、ぴくっと肩を揺らす。真海は反射的にスマホをジャケットのポケットに仕舞った。

そうしてから振り返ったブースの開放口に、長身の男が立っている。

百八十を優に越す恵まれた体格をイマドキなタイトスーツに包み、ブリーフケースを片手に提げた若い男。

「まだ?　もう三十分も待ってんだからさー」

急《せ》かす男に、真海は眉をひそめた。

「仕事が終わったなら先に帰ればいいだろ？」

男が、そのワイルドなルックスにそぐわない、子供じみた表情をする。

「どーせ同じ家に帰るんだから一緒に帰ったっていいじゃん」

「大雅《たいが》……おまえな、集団下校の小学生じゃないんだから」

思わず呆《あき》れ声が出た。

遡《さかのぼ》ること三ヶ月――この四月に、水嶋家の三男坊大雅が『ラメール・ジャポン』に入社した。

これで水嶋家の三兄弟は全員ラメールの社員となり、兄弟であると同時に同僚になった。

大雅は社員でありながら、ラメールのユニセックスブランド『Amour《アムール》』のイメージモデルを務めている。

一昨年の冬、当時はまだ大学生だった大雅がモデルを務めた広告が若い消費者に評判を呼び、『Amour』の売り上げが飛躍的に伸びた。いまや『Amour』はラメールの中でも主力ブランドとなっている。その功績を買われ、宣伝販促部広報課付で採用になったのだ。

イメージモデルを続けることを条件に、特例的に芸能プロダクション『松岡事務所《まつおかじむしょ》』に所属したまま、大雅はラメールの社員となった。

正直なところ真海としては、三男のラメール入社を諸手《もろて》を挙げて歓迎とは言えない立場だ。

理由はいろいろあるが、一番は大雅の志望動機。

本当に化粧品メーカーの仕事がしたくて選んだ職場ならば文句はない。兄として応援する。

しかし、明らかに大雅の場合は違った。

大雅がラメールに入ったのは、自分がいるから。自分の側《そば》で少しでも長く過ごしたいからだ。

次男の奎吾と三男の大雅は正真正銘の兄弟だが、三兄弟の中で長男の自分だけは養子で、弟たちと血の繋がりがない。

その事実を弟たちはずいぶん前から知っていて、そしてふたりともに、自分を家族としてではなく恋愛対象として見ていた。弟たちが互いに牽制《けんせい》し合い、『真海に手を出さない協定』を結んでいたことを、自分だけが知らなかったのだ。

結果として、自分は奎吾を選んだ。というよりはじめから、そういった意味では自分の中には奎吾しかいなかった。

大雅のことをそういう目で見たことは一度もなかったし、これからも絶対にあり得ない。

子供の頃はガキ大将、長じて俺様な大雅はかわいいし、愛している。

だがそれはあくまで弟としてだ。

奎吾への想いとは違う。

はっきりそう告げたが、大雅は諦めなかった。

——言っておくけど、俺、家出ねーからな。こうなったらとことん気が済むまでふたりの邪魔してやる。そんでいつか必ず真海を振り向かせてやる。

そう宣言して、本当に三人で暮らす家から出て行かず、あまつさえ「バリバリ働く俺を見たら、真海も絶対俺に惚れる」とラメールに入社した。まさしく有言実行。

(その点は……本当にすごいとは思うけど)

「ほら、早く準備しろよ」

ブースの中まで入ってきて、大雅が急き立てる。部署が一緒なので、真海の仕事が先般一段落つき、比較的余裕があることまでバレてしまっている。

仕方なく、真海は帰宅準備をした。パソコンを落としてブリーフケースを手に立ち上がる。

ブースから出ると、大雅も後ろからついてきて、当然のように横に並んだ。

「今日もがっつり働いたから腹減ったな。なぁ、晩飯なに？」

「……ショウガ焼きの予定だ」

「やりっ！　真海のショウガ焼き！　うしゃあ！」

大雅がテンションの高い声を出し、ガッツポーズを作る。

この調子だから、どうも家と会社の境界線が曖昧《あいまい》になりがちだ。さすがに大雅も業務中は公私の別をわきまえて、社歴の長い自分に対して敬語を使っているが。

（……なんだかな）

釈然としないモヤモヤとした感情を持て余していると、廊下ですれ違った女性社員が「お疲れ様です」と声をかけてきた。入社三年目のマーケティング部の社員だ。入社時はさほど目立たなかったが、この三年でメイク技術が上がり、綺麗《きれい》になった。

「お疲れ様です」

「お疲れっす」

女子社員が足を止め、「大雅くん」と話しかけた。心なしか表情が艶《つや》めいている。

「週末の件なんだけど……どう？　やっぱり参加できないかな？　みんな、大雅くんと呑むの楽しみにしてるんだけど」

「あー、ちょっと無理です。すみません」

「そっかぁ……残念。また誘うね」

本当に心底残念そうな顔をして、彼女は立ち去った。

「合コンの誘いか？」

「そ。マーケ主催だってさ」

「行けばいいのに。他部署との円滑なコミュニケーションも仕事のうちだぞ」

「やだよ。鼻息荒い肉食女に囲まれて酒呑んでも美味《うま》くねーし」

大雅を狙っている女性社員は多い――らしい。ただでさえラメールは社員の七割が女性だ。そこに現役モデルのぴちぴちルーキーが入社したのだから、独身女子が色めき立つのも仕方がないことだった。

子供の頃からモテる大雅だが、決まった彼女を作らない。真海としては、そろそろ恋人を作って自分離れして欲しいというのが本音だ。

「話してみたら案外フィーリングが合う女性もいるかもしれないぞ」

そそのかしてみたが、「ないない」と流される。

「真海に敵《かな》う女がいるわけねーだろ？」

「わからないじゃないか」

「わかるっつーの。真海みたいに料理上手でやさしくて美人で……三拍子揃った女なんてこの世にいないよ」

言い切った大雅が、不意に足を止めた。横合いから真海の顔を覗《のぞ》き込むようにする。

「なぁ、この二週間でさ、気持ち変わったとかねぇの？　俺に乗り換える気ない？」

期待を込めた問いかけに、真海は微塵《みじん》の躊躇《ちゅうちょ》も見せずに「ない」と即答した。

大雅がみるみる意気消沈する。「ちぇっ」と舌を鳴らして前髪をくしゃっと掻き上げた。

「あーあ、真海とふたりで帰れんのも今日が最後かぁ……明日にはあいつが帰ってきちまうもんなぁ」

あいつ――とは奎吾のことだ。

四月に大雅が入社して以降、三人で帰宅することが多くなった。今日のように、大雅が真海の仕事が終わるまで待っているからだ。

大雅の参入によって、奎吾と自分の「恋人の時間」は著《いちじる》しく減少した。以前は家でできない分、週に数回会社の帰りにホテルで抱き合っていた。だが三人で帰るようになり、それもままならなくなってしまった。いまは、大雅がモデルの仕事で夜いないない隙を狙って、よくて週一。間が悪いと十日以上ブランクが空く。

当然、日を追って奎吾は不機嫌になっていったが、大雅はそれが目的なので、しれっとしたものだ。徹底的に空気を読まずに邪魔をしてくる。

真海だって奎吾との時間が減るのは辛い。だが一方で、大雅の気持ちもわからなくはない。

自分たちはずっと三人一緒だった。でも自分が奎吾を選んだことにより、トライアングルの均衡《きんこう》が崩れてしまった。

自分だけが蚊帳《かや》の外になってしまった疎外感は、相当なものだろう。

大雅の自分への執着は、マザコンならぬブラコンをこじらせたようなもの。母親代わりだった自分を、奎吾に取られたと思って拗《す》ねているのだ。

(いまにきっと大雅にも好きなひとができる)

本当の運命の相手が現れる。

その時までの辛抱だ。

そう自分に言い聞かせ、喉許のため息を押し殺すしかなかった。


翌日は、二週間ぶりに戻ってくる奎吾のことを思い、朝から落ち着かなかった。

仕事も手につかず――繁忙期でなくてよかった――床から数センチ浮き上がったようなふわふわとした気分で、到着予定時刻の二時を迎える。

(そろそろ?)

数分ごとに、デスクに置いたスマートフォンで時間を確認していると、そのスマホがブブッと震えた。

――来た!

飛びつくようにしてスマホをチェックする。待ち侘びた奎吾からのメールだった。

【いま成田に着いた。このまま空港から会社に直行する】

ひとまず、無事に日本に戻ってきたことに安堵《あんど》した。海外出張は飛行機を使うので、万が一を考え、やはり戻ってくるまで不安は拭えない。

会社に戻ってすぐにマーケティング部の会議に入るだろうから、解放されるのはおそらく夕刻。

さすがに今日は残業しないだろう。となると定時には顔を見られるはずだ。

（二週間ぶりに一緒に帰れる……！）

一気に盛り上がる気持ちを、待て待てと押しとどめる。

とはいえ大雅がいるから、ふたりきりというわけにはいかない。

お帰りのキスもできないのは辛いが……そこは仕方がない。我慢だ。

上手くいけば、大雅が寝てしまったあとでふたりだけの時間を持てるかもしれないし、少なくとも海を隔てて遠く離れているよりは何十倍もいい。

（そうだ。きっとひさしぶりに日本食が食べたいよな。帰りにスーパーに寄って刺身を買おう）

奎吾のための献立をあれこれ考えながら、パソコンに向かう。これで自分が残業になったりしたら目も当てられないと気合いを入れ直した。

午前中のロスを午後でどうにか巻き返し、本日のタスクである企画書を仕上げる。

「送信、と」

本社へのメールを送信して、ほっと息を吐き、スマホの時刻表示を見た。

17：50。終業まで十分。

あと十分で奎吾に会える。

そう認識したとたん、心臓がドキドキしてきた。三十年も一緒にいて今更……と思うが、胸の高鳴りはコントロールできない。

そわそわと落ち着かない自分を持て余した真海は、オフィスチェアを引いて席を立った。

「顔、洗ってこよう」

ひとりごちてブースを出る。冷たい水で顔を洗ってクールダウンしようと思ったのだ。

出入り口へ向かう途中、ミーティングルームの前に差し掛かったところで、パーティションの向こうから話し声が聞こえてきた。

「それでね。大雅くんにはできるだけ男性誌のオファーを受けて、『Amour』のアピールをしてもらいたいの。やっぱりほら現役モデルの言葉ってインパクトあるじゃない？　あなたに憧《あこが》れている若い男の子は多いわけだから」

「了解です。でも、ライターが作ったようなメッセージじゃみんなに嘘くさいって思われて、却って逆効果だと思うんですよ。なので俺流でやっていいですか？」

「この件に関してはあなたがやりたいように自由にやってOKよ」

大雅とチーフディレクターの内藤《ないとう》香織《かおり》だ。どうやら打ち合わせ中らしい。

(よしよし、ちゃんと仕事してるな)

弟の成長を実感して微笑み、真海は宣伝販促部を出た。化粧室を目指し、廊下を歩き出してほどなく、前方からやってくる長身の男に気がつく。

「…………っ」

遠目にもそれが誰だかわかって、トクンッと大きく鼓動が跳ねた。

三つ揃いのスーツを美しく着こなす長身。長時間の移動の疲れを微塵も感じさせない、ぴしりと伸びた背筋。

立ちすくむ真海に男も気がつき、足を早める。長い脚で距離を詰めてくる男の顔が、徐々に明らかになった。

一筋の乱れもなく撫でつけられた頭髪。秀でた額と高い鼻梁《びりょう》。端整な唇。

真海の少し手前で男が足を止めた。

シルバーフレームの眼鏡のレンズ越しに、色素の薄い瞳と目が合う。刹那《せつな》、なにかが眩《まぶ》しいように、

（……奎吾）

奎吾がじわりと目を細めた。子供の頃からの癖だ。

細めた双眸《そうぼう》で熱く見つめられ、全身にピリッと微弱な電流が走った。

心臓が早鐘を打って、息が苦しい。

自分がどんなに目の前の男に飢えていたかを思い知る。

抱きついてしまいたい衝動を懸命に堪《こら》え、真海は少し上擦《うわず》った声を発した。

「お……かえり」

奎吾がかすかに肩を揺らし、ゆっくり瞬きをする。夢から醒めたみたいな表情で口を開いた。

「……ただいま」

ひさしぶりに生で聞くその声に、胸がジーンと痺れる。

フライトは快適だったか？　ヨーロッパ視察はどうだった？　パリ本社の様子は？

訊《き》きたいことはいっぱいあるのに、胸が詰まって言葉が出ない。一方の奎吾も言葉を発しない。

無言で、ただ食い入るように真海を見つめる。

「………………」

しばらくの間言葉もなく見つめ合っていると、後方から男女の会話が聞こえてきた。

「じゃあ大雅くん、お願いね。期待しているから」

「はい、がんばります」

（内藤チーフと大雅!?）

はっとたじろぐ真海の腕を奎吾が摑んだ。「来い」と低く告げて、腕を引っ張る。

「え？　ちょ……っ」

どこへ行くんだ？　と問うことも許されず、引っ立てられた。真海を引っ張って廊下を進んだ奎吾が、すっと左に折れる。休憩室があるフロアに足を踏み入れ、すぐ左手の木製のドアを引き開けた。

男性用の化粧室《レストルーム》だ。白い壁と石材の床、木製のパーティション、磨《す》りガラスで構成された空間は、一見して化粧室には見えない。オブジェと見紛うフォルムの洗面台と、ライトアップされた鏡がずらりと並ぶ洗練された空間には、先客の姿はなかった。

そもそも男性社員が少ないので、滅多《めった》にかち合うことがないのだ。それなのに必要以上のスペースが割《さ》かれているのは、来客が使用することがあるためだ。

もともと真海はここに向かっていたのだが、どうしてそれが奎吾にわかったのか。

疑問に思っていると、奎吾はさらに真海を引っ張り、個室スペースへ向かった。一番奥の個室のドアを開けて真海を押し込み、自分も入る。

バタン、ガチャ。

ドアを閉めて中から鍵を閉めた奎吾に、勢いに吞まれていた真海はやっと声を出す。

「なにして……」

「しっ」

口を手で塞がれ、言葉を吞み込んだ。

「狭いが……ここしかふたりになれる場所がないから仕方がない」

真海の耳に口をつけた奎吾が、ひそめた声で囁いてくる。耳にかかる熱い吐息に首筋が粟立《あわだ》った。

「そろそろ終業だからな……大雅のやつが探しに来る」

奎吾が忌々《いまいま》しげにつぶやく。

確かに、社内でふたりきりになれる場所は限られている。開かれたオフィスを標榜《ひょうぼう》するラメールには個室がなく、基本オープンスペースになっているからだ。

でも、だからといってこんなところに籠城《ろうじょう》せずとも、家に帰って大雅が寝入るまで待てば、ふたりになれるんじゃないか。本格的に抱き合うことはできなくても、軽いスキンシップくらいなら……。

そう言おうとして顔を上げた真海は、あまりに近距離に奎吾の顔を認めて息を呑んだ。

目と目が合い、視線が濃密に絡み合う。

ふたりが立っているのがやっという狭い個室だからか、奎吾のコロンからかすかなフェロモンを嗅《か》ぎ取り、頭がくらっとした。

「真海……」

掠れた声で名を呼び、奎吾の指が真海の唇に触れてくる。

「会いたかった」

低音で囁きながら、親指でゆっくりと上唇をなぞり、次に人差し指で下唇を辿った。膨《ふく》らみを味わうようなその動きに性的なニュアンスを感じて、ぞくっと背中が震える。

キスしたい。

言葉にするまでもなく視線から奎吾のメッセージを受け取った真海は、ゆっくりと目を閉じた。オフィシャルの場である会社でキスするなんて本来は許されない。だけど今日だけは特別、自分たちに許してやりたかった。

なにしろ二週間ぶりなのだ。

吐息が近づき、熱い唇が覆い被《かぶ》さってくる。ノックするみたいに舌先で唇をつつかれた真海は、ほぼ無意識に口を開いた。歯列の隙間から濡れた舌が潜《もぐ》り込んでくる。すぐに真海の舌に絡みつき、ねっとりと愛撫し始めた。

真海はたちまち奎吾とのキスに夢中になった。

硬い首に両手を回し、より体を密着させ、くちづけを深める。

少し急いているような、荒々しさが気持ちいい。口の中を乱暴に掻き回されて、喉が甘く鳴った。

鼓膜に響く生々しい水音が興奮を高めていく。

「ふ……はっ……」

お互いの口腔内を思う存分味わい尽くしたあとで、唾液の糸を引いて唇を離した。ふたりとも息が上がっている。

目蓋《まぶた》を持ち上げた真海は、間近に奎吾の瞳を捉えた。そこにはっきりと欲情の色を見る。

(………あ)

やばい、と思った。ただでさえキスで火照《ほて》っていた身体がカッと熱を孕《はら》む。

いまので完全に火が点《つ》いてしまった。

思わず前屈みになった真海を奎吾が支え、昂《たかぶ》った股間にすっと手を這わせてくる。スーツの下衣の上からそこを緩《ゆる》く握られ、「んっ」と呻《うめ》いた。

「……キスで勃ったのか」

耳許の嬲《なぶ》るような低音に、唇を噛み締める。

「だ、だって」

「……俺もだ」

「えっ……」

手を掴まれ、導かれた先の奎吾のそこも、熱く昂っていた。布の上からでもわかる大きさと硬さに小さく喉が鳴る。その音がやけに浅ましく響いて、いよいよ体が熱くなった。

こんな狭い空間で、ふたりで発情して、もはや逃げ場がない。

追い詰められた気分でいると、奎吾が真海の体をくるりと裏返した。後ろから「そこに手をつけ」と囁く。よくわからないままに壁に手をついた。やや前屈みになった真海の背後に奎吾が立ち、前に手を回してベルトを外し始める。カチャカチャ、ジーッと音がした直後、すとんと足許に下衣が落ちた。両脚が直に空気に触れる。

(え？　ま、まさか……ここで？)

事ここに至って漸《ようや》く奎吾の意図に思い当たった真海は、激しく動揺した。だが抗《あらが》う間もなく今度は下着に手がかかり、ぐいっと下ろされる。半勃起状態のペニスがぶるんと飛び出した。

シャツにネクタイを締め、ジャケットまで着込んでいるのに、下半身は剝《む》き出し。しかも欲望はエレクトしている。

誰もいないとはいえ会社の化粧室で、こんな浅ましい格好をしている自分にクラクラと目眩《めまい》がした。もし……こんなところを誰かに見られたら……終わりだ。自分だけじゃなく、奎吾もすべてを失う。

頭ではわかっているのに、体がどうしようもなく昂って、動けない。さっきのキスで魔法をかけられてしまったみたいだ。

冷静沈着な奎吾が、こんな危険な行為に及んでいるという事実にも昂る。それだけ、自制が利かないほどに自分を欲している証《あかし》だと思うから。

引くに引けない——のっぴきならない心持ちで、真海は壁に爪を立てた。背後でファスナーを下げる音がしてほどなく、太くて硬いものを股の間に差し込まれた。

（これ……）

間違いない。奎吾の……欲望。

息を詰める真海の耳許に奎吾が囁く。

「……足の間を締めろ」

抗い難《がた》い魅力的な低音で命じられ、股間を締めた。挟み込んだ逞《たくま》しい屹立がぬるっと動く。硬いシャフトで内股を擦られ、ビクビク腰が震えた。

いわゆる素股は初めてだ。奎吾もさすがにここで本番はできないと考えたんだろう。

未知の行為だったが、思いの外に興奮した。二週間のブランクで飢え切っている体には、奎吾の熱い欲望を感じられるだけでも震えるほどの悦《よろこ》びだ。

反り返った奎吾の切っ先が、会陰《えいん》を滑り、真海のペニスの根元を突く。

「……っ……」

声が出そうになるのを懸命に堪えた。抽挿《ちゅうそう》のたびに両脚で締めつけた奎吾が硬くなっていくのを、皮膚感覚でダイレクトに感じる。そのしたたかな存在感に体が熱くなった。

真海自身も硬度を増し、いまにも腹にくっつきそうに反り返っている。陰嚢《いんのう》がきゅうっと縮こまり、先端に透明な蜜が滲《にじ》む。

と、奎吾の手がジャケットの中に潜《もぐ》り込んできて、シャツの上から乳首を摘《つま》んだ。芯を持って勃ち上がっていた乳頭を、二本の指で擦り立てられ、びくんっと背中が反る。

「ん……んっン」

快感は深くなる一方なのに、声を出せないのが苦しかった。たまらず腰をくねらせ、甘い吐息を零す。すると半開きの口の中に、奎吾が指を挿《さ》し入れてきた。覚えず真海は長い指に舌を絡ませ、赤子のようにしゃぶる。

「ふ……ぅ……む……っふ」

その間も、抜き挿しは続いていた。奎吾の先走りが太股を濡らす、くちゅっ、ぬちゅっという淫らな水音が個室に響く。奎吾が真海の太股で扱《しご》き上げたそれは、いまや凶器のように硬かった。首筋にかかる奎吾の息も荒い。

言葉にせずとも、お互いに限界が近いとわかっていた。

奎吾が、真海の乳首を弄《いじ》っていた手を下に滑らせ、勃起を握り込む。

「……あっ……」

ついに声が出てしまった。顔を後ろに捻られて唇を塞がれる。ぬるぬると舌を絡ませながら、性器を擦られ、太股の間で屹立を激しく動かされる。

抽挿に合わせて自然と腰が揺れた。口の中の奎吾の舌を甘噛みし、体を小刻みに揺する。

「んっ……ぅん、む……ンンッ……！」

相乗効果が織り成す頭が白くなるような快感の中、真海は達した。びゅくっと白濁が飛ぶ。一拍遅れて奎吾もおのれを解き放つ。

唇を離した奎吾にぎゅっと後ろから抱き締められ、真海はゆっくりと脱力した。奎吾の支えがなかったら、たぶんこの場に蹲《うずくま》っている。手足の先まで絶頂の余韻に痺れていた。

「は……ふ……は」

奎吾の腕の中で呼吸を整えていると、こめかみに唇を押しつけられる。強く押しつけたまま、唇が動いた。

「……愛している」

艶めいた低音が耳殻をくすぐり、真海はうっとりと微笑んだ。


それぞれ身繕いをしてから個室を出た。籠《こ》もっていた時間は十分ほどだったが、その間誰も入ってこなかったのは本当に幸運だった。

手を洗い、洗面台の鏡で確認する。心なしか頬が紅潮している気がしたが、それ以外は目立っておかしなところはない。ちらっと横目で窺った奎吾は、もうすっかりいつもの奎吾だ。

あんなことがあったなんて、微塵も窺わせないクールな面差し。

さすがに真海はそこまで切り替えられず、まだ動揺を引きずっている。

（思いっ切り流されてしまった）

次から、ここを使うたびに思い出して赤面しそうだ……。

居たたまれない気分の真海とは裏腹に、心なしかすっきりとした表情の奎吾が「行こう」と促した。化粧室から出て、ふたりで歩き出す。

「大雅……きっと俺たちを捜しているだろうな」

オフィスに戻り、否応なく現実に引き戻された真海は、罪悪感の滲む声でつぶやいた。

「この二週間、真海を独り占めしていたんだ。これくらい当然の報いだろう」

冷ややかな声音に、傍《かたわ》らの長身を見上げる。奎吾の口許は不機嫌そうに引き結ばれていた。

「奎吾、大雅だってあれで仕事はちゃんとやってるんだぞ。そりゃ志望動機は不純だったけど」

思わず擁護《ようご》の言葉が口をつく。同じ広報課で、大雅の仕事ぶりを見ているからこそのフォローだった。

「そんなことはわかっている。あれで無能だったら目も当てられん」

つまり、無能ではないと認めているということ？

「……わかっているならいいけど」

弟のことをちゃんと認めているとわかって、自然と顔が緩む。

パートナーとしては奎吾を選んでしまったけれど、真海にとってはふたりとも掛け替えのない大切な弟だ。こうして同僚になったからには、できれば仲良くやって欲しい。

「真海！」

と、そこに、噂をすればなんとやらで大雅が現れた。大股でふたりとの距離を詰めるなり、苛立《いらだ》ちを爆発させる。

「どこ行ってたんだよ!?　社内中捜し回っちまったじゃねぇか」

「……ごめん。奎吾と廊下で会って立ち話をしていた」

「立ち話ぃ？」

顔をしかめた大雅が、奎吾に視線を転じた。

「帰ってきたのか」

まるで帰ってこなければよかったのに——とでも言いたげな声を出す。しかし奎吾も慣れたもので、顔色ひとつ変えずに「予定どおりにな」と応じた。

このふたりは、顔を合わせれば不穏なオーラを立ち上らせるので、間に挟まれた真海は気が気じゃないのだ。

帰国早々に喧嘩《けんか》は勘弁、と身構える真海の前で、大雅がひょいと肩をすくめる。

「……ま、一応、お疲れ」

おざなりではあったが、奎吾に労《ねぎら》いの言葉をかけた。どうやら同僚としての自覚はちゃんとあるようだ。

「あれ？」

真海に視線を戻した大雅がついと片眉を上げる。

「真海……顔赤い？」

「えっ……」

背中がひやっとした。

狼狽《うろた》える真海の顔を大雅が覗き込んでくる。

「目も潤んでるし、なんか妙にエロいオーラ出てね？」

「ちょっ……なに言って」

「おい、まさか俺に隠れてふたりでいちゃこら……」

「ばかなことを言うな。会社だぞ？　あり得ない」

横合いから奎吾がぴしゃりと断じた。

「……まぁそりゃそうだろうけど」

若干腑《ふ》に落ちない顔つきではあったものの、大雅が不承不承納得する。

（よ、よかった）

ほっと胸を撫で下ろした真海は、不服げな大雅に尋ねた。

「仕事終わったんだろ？」

「とっくに」

そう答える大雅の二の腕をぽんと叩く。

「よし、じゃあ帰ろう」

奎吾と大雅——大切な弟ふたりに誘いをかけた真海は、とっておきの殺し文句を付け足した。

「今夜はふたりの好物を一品ずつ作るからな」

発情

発情シリーズ

Illustration: 北上れん

狼に変身するその血筋の者たちは、
一生に一度、恋をし、発情期を迎える。
つがいの相手を求めて、声の限りに咆哮する——。
発情する狼たちの恋は止まらない。

人狼の血を受け継ぐ一族の絆と家族愛、そして種族を超えた濃密な恋愛を描くシリーズです。狼はつがいの相手と生涯にわたって添い遂げるということを知ってから、いつか人狼を主役に据えたお話を書いてみたいと思っていました。もし、発情期に巡り会った運命の相手が男だったら……？　一族の存亡をかけたドラマティックな大恋愛をどうかお楽しみください。—岩本　薫

発情

生真面目な数学教師・侑希は生徒であるヤクザの息子・峻王に無理やり抱かれてしまう。さらに峻王は、侑希の目の前で狼に姿を変え…!?
(Illustration ／如月弘鷹)

欲情

敵対組織の組長・賀門に誘拐された迅人はなぜか彼の匂いに体が疼き、戸惑う。抱かれて暴走する快楽。まさか、これが発情期なのか？

蜜情

自分が人狼と知っても愛してくれる賀門との甘い日々も束の間、迅人は謎の男達に襲撃される。更に男でありながら迅人のお腹に命が宿り…!

色情

迅人が生んだ双子は元気に成長中。でも人狼の血を引くだけにトラブルも多く!?　神宮寺家に仕える都築が「狂犬」杜央を飼うエロス番外も収録。

「あんたしかいない。
これから先も一生、
俺のつがいの相手は
あんただけだ」

Baby Rhapsody［峻王×侑希］

「すみません。じゃあチビたちをよろしくお願いします」

賀門《がもん》が玄関先で頭を下げる。

「休みの日なのに面倒かけます。なるべく早く戻ってきますので」

賀門の隣で迅人《はやと》も律儀にお辞儀をした。少し前まではあどけなさが残っていた彼も、親になってからはずいぶんとしっかりしてきた。顔つきはすっかり母親のそれだ。

「時間は気にしないでゆっくりしてきてください。せっかくの記念日ディナーですし」

双子の片割れ・峻仁《たかひと》を抱っこした侑希《ゆうき》は、恐縮するふたりににっこり微笑んだ。

「な？　峻王《たかお》」

傍《かたわ》らの峻王に同意を求める。こちらは双子の片割れ・希月《きづき》を片手で抱いた峻王が肩をすくめ、「いいんじゃね？　たまには羽伸ばしてもさ」と言った。

今日は迅人の誕生日だ。春生まれの迅人は今日で二十歳になった。成人のお祝いも兼ねてレストランにディナーの予約を入れた――という話を賀門から聞いたのは二週間前。

昨年四月に生まれた双子たちも、一年が過ぎてだいぶ人間らしくなり、昼夜問わずにミルクを求めて泣き叫ぶケモノ状態は抜けたので、夫夫《ふうふ》でひさしぶりのデートを……ということらしい。その計画を聞いた侑希は、即シッター役を引き受けた。

峻王は最初、「来週末はあんたと観たい映画があったのに」と不満げだったが、最終的には一緒の子守りを承諾してくれた。表だってデレはしないが、なんだかんだいって甥っ子たちには甘いのだ。

「タカ、キヅ、先生と峻王叔父さんの言うこときいて、いい子にしてるんだぞ？」

迅人が我が子の顔を順に覗《のぞ》き込み、名残惜しげに「バイバイ」とつぶやく。侑希は抱えている峻仁のちっちゃな手を掴み、左右に振った。

「ママとパパに行ってらっしゃいって、ほら。楽しんできてねって」

「あばぁ〜」

峻仁が顔をくしゃっとさせて笑う。賀門が息子たちのほっぺをそれぞれ指でつついた。

「行ってくるな、キヅ、タカ」

「アー、アー」

「峻王もごめん。よろしく頼むね」

「おー、早く行けよ。時間なくなるぞ」

「十時には戻りますのでよろしくお願いします。迅人、行くぞ」

賀門が迅人の背中に手を添えて促し、漸《ようや》くふたりが玄関から出て行った。玄関先まで見送ったが、迅人はまだ後ろ髪をひかれている様子で、外門までの間も何度も何度も振り返る。最後にもう一度外門の前で頭を下げ、やっとふたりの姿が見えなくなった。

「半日離れるだけで今生《こんじょう》の別れってくらいに大騒ぎだな」

峻王が肩をすくめる。

「心配なのはしょうがないよ。迅人くんは子供たちとこんなに長時間離れるの、滅多《めった》にないことだし」

「あの様子じゃ双子が気になって食事どころじゃないんじゃね？」

「その点は賀門さんが上手くエスコートするんじゃないかな」

大人の賀門はそのあたり、半日だけパパとママの役目を棚上げして恋人気分を満喫できるよう、ぬかりなく準備している気がする。

「中に入ろう。チビたちが風邪を引いたら大変だ」

峻仁を抱っこした侑希は、希月を抱えた峻王を促した。


「だぁ……だぁー」

「ぶー……ぶー……」

子供部屋に敷かれたカーペットの上で、ブルーとイエローの色違いのカバーオールを着た双子たちがオモチャで遊んでいる。

双子はこの頃めきめきと運動能力が上達してきた。ハイハイから摑まり立ち、伝い歩きを経て、最近はヨチヨチ歩きでかなりの距離を移動するようになり、一瞬たりとも油断できなくなった。

体の成長に伴い、ふたりの性格にも違いが現れてきた気がする。いまのところ外見は、峻仁は祖父の月也《つきや》の面影が濃く、希月は迅人の子供の頃に瓜ふたつとの評判だ。そうは言っても成長するにつれてまた変わっていくだろう。

蜂蜜《はちみつ》色の巻き毛で、目がくりっと大きい希月は甘えん坊だ。人間が大好きで誰にでも愛想がいい。機嫌がいいときゃっきゃとよく笑う。その反面寂しがりで、ちょっとでもひとりにすると「ふぇ〜」と泣き出す。

さらさらの黒髪で瞳も黒く、面立ちがきりりとしている峻仁は、好奇心が旺盛で、オモチャでもなんでもすぐに手で摑み、振り回したり口に入れてしゃぶったりする（ので目が離せない）。希月より繊細で、やや人見知りのきらいがある。

侑希と双子たちには血の繋がりはないが、生まれた時から同じ敷地内でその成長を見守ってきたせいもあって、ほとんど肉親に近い感情を抱いている。夜泣きがひどい峻仁を抱っこして、寝付くまで庭をぐるぐる周回したことも一度や二度じゃない。

双子たちも自分に懐いてくれているようだ。人見知りな峻仁は、侑希の顔を見ると機嫌がよくなるので、迅人にも「タカは先生の子みたい」と言われる。そう言われるとうれしくて顔がにやける自分は、本当の両親に負けず劣らずの親ばかなのかもしれなかった。

「そろそろおむつを替えたほうがいいな」

一歳児の子守りは忙しない。ちょこまか動き回るから片時も目を離せないし、三時にはおやつを食べさせ、まめにおむつも替えてと、やることは山ほどある。しかもなにもかもがふたり分だ。

「峻王、おまえはキヅのおむつを替えてくれ」

「了解」

「あっ、タカ、チーしちゃだめだろ！　うわぁ眼鏡にかかった！」

「あーあー、油断してっからだろ。ほら、見ててやるから顔洗ってこいよ」

「……すまない」

夕方には離乳食を用意してスプーンで食べさせ、最後の大仕事が入浴タイム。峻王と協力し合ってお風呂に入れたが、おろしたてのアヒルのオモチャを双子たちが取り合い、喧嘩《けんか》してギャン泣きしての大騒ぎで、侑希のスウェットはびしょ濡れになった。その点、峻王は体が大きいし力もあるので扱いが上手い。

風呂ではしゃいで疲れたのか、入浴後は赤ちゃん用の布団にころんと横になり、ふたり同時にくーくーと寝息を立て始める。枕元に正座した侑希は、口を開けて眠るふたつのあどけない寝顔を、上から覗き込んだ。

「……天使みたいだな」

「寝てりゃーな」

侑希の傍らに胡座《あぐら》を掻き、峻王がぼやいた。

「起きてる間は怪獣だ」

「……うん」

ちょこまか動き回る双子を追いかけて腰を痛めても、顔におしっこをかけられても、風呂場で下着までびしょ濡れになっても、愛おしい気持ちは微塵《みじん》も減らない。むしろ一秒一秒増していく。

飽きずにうっとり寝顔を眺めていると、急に横から耳を引っ張られた。

「痛いっ……なんだよ？　痛いって！」

文句を言う侑希の顎《あご》に手をかけ、峻王が強引に顔を自分のほうに向かせる。

「チビばっか見てねぇで俺を見ろよ」

侑希はぽかんと口を開けた。目の前の不機嫌そうな顔をまじまじと見る。

「おまえ……まさか、妬《や》いているのか？」

「妬いちゃ悪いかよ？」

憮然《ぶぜん》と言い返され、「わ、悪くはないけど」と口籠《くちご》もった。

「でも、赤ん坊相手に……」

「赤ん坊だろーが動物だろーが関係ねえ。あんたの一番は俺だ。これだけは誰にも譲らない」

大人げなく独占欲を剝《む》き出しにする峻王に、呆れ声で「……ばか」とつぶやきながらも、胸の奥がじわっと疼《うず》いた。

(俺も大概ばかだな……)

そう思うけれど、疼いた場所からとろとろと甘い感情が込み上げてくるのは紛れもない事実で。

侑希の体臭の変化を敏感に嗅《か》ぎ取ったかのように、峻王がくんっと鼻を蠢《うごめ》かす。

「あんたから甘い匂いがする」

掠れた声で囁き、ゆっくりと顔を近づけてきた。ざらついた舌でペロペロと唇の周囲を舐められる。

「くすぐっ……たいよ」

「いいから口……開けろよ」

甘く昏い声に抗《あらが》えず、命じられるがままにうっすら口を開けると、濡れた舌が押し入ってきた。たちまち侑希の舌を搦《から》め捕《と》る。

「んっ……ぅ、ん……」

頭の後ろを摑まれ、乱暴に口の中を搔き混ぜられているうちに、頭がぼうっとしてきた。覚えず峻王に縋るようにしがみつく。するとそのまま体重をかけられ、畳に押し倒された。どさり、と仰向けに倒れ込んだ侑希は、自分の上の峻王を押しのけようと足搔いた。

「だめだ。どけって」

「なにがだめなんだよ?」

苛立ったような声が落ちてくる。

「チビたちが……」

「ふたりとも寝てるよ」

「で、でもっ」

「そう言うあんたもすっかりその気だろ？」

スウェットの上から股間をぎゅっと握られ、「ぅっ」と声が漏れた。確かにそこはすでに昂《たかぶ》り始めている。狼狽えている間にも、峻王の手がスウェットの上衣の裾から忍び込んできて、乳首を摘んだ。

「こっちも硬くなってる」

「っ……っ」

尖った先端をクニュクニュと弄《いじ》られ、必死で声を堪《こら》える。

だめだ、こんなところで感じちゃ……。

チビたちが寝ているすぐ横でなんて……！

だが、いけないことだと思えば思うほどに体が熱を孕《はら》んでいくのを止められない。

自分の浅ましさに瞳が濡れた。なんでこんなに快楽に弱いんだ。なぜ抗えないんだ。

まるで触れられれば自ずと発情し、体を開くように躾《しつ》けられてしまっているかのような自分に苛立ちを覚える。

スウェットの下衣をぐいっと足首まで下げられ、体をふたつに折り曲げられた。二、三度扱《しご》かれただけですぐに勃起した性器が、先端から蜜を零す。透明なそれを後孔に指でなすりつけた峻王が、「入れるぞ」と低く囁いた。宛がわれた熱いものがぐぐっとめり込んでくる。

「――ッ」

最後の理性でかろうじて悲鳴を抑え込んだ。根元まで押し込むやいなや、峻王が動き出す。

「……んっ……くっ……」

揺さぶられながら、侑希は横目でちらちらとチビたちを窺《うかが》った。いまにも目を覚ますんじゃないかと気が気ではない。すると集中していないことに腹を立てた峻王が、尖った歯を耳に食い込ませてきた。

「……いっ……」

ビリッと甘い電流が走る。

激しい抽挿《ちゅうそう》で背中が畳に擦れるぴりぴりとした痛み。首筋にかかる峻王の荒い息づかい。立て続けに打ち込まれる重くて熱い楔《くさび》。それらすべてが快感を増幅させていく。痛みと快感がない交ぜになり、どちらがどちらだかもはや判別がつかない。

気がつくと侑希は恋人の腰に両脚を絡ませ、腰を淫蕩に揺らめかせていた。夢中で呼吸を合わせて、峻王の動きについていく。

「はっ……ぁっ……」

体が「熱」でどろどろに溶け、白濁した頭の中からは思考も理性も消え失せ……。

いまこの瞬間、侑希にとってただひとつ確かなものは――自分を圧倒的に充《み》たす男の存在だった。

「……あり得ない」

事後、ずどーんと落ち込んだ侑希は、正座した膝に暗い声を落とした。

「最悪だ……。こんなのシッター失格だ。迅人くんたちになんて言い訳……」

「別に言わなきゃいいじゃん。ばれやしねぇって」

しれっと言い放つ男の、心なしかすっきりした顔を横目で睨みつける。

「チビどもは起きなかったし、俺らは気持ちよかったしで、オールオッケーだろ?」

「峻王、おま……」

言葉の途中で唇で唇を塞がれた。ちゅくっと音を立てて唇を離した男が、至近から侑希の目を見つめてにっと笑う。

「よかったよ。あんたの一番が俺だって証明できて」

赤ん坊相手に本気で優越感を抱く峻王に、侑希は脱力した。

「……ばか」

本当にばかとしか言い様がない。

だがしかし、そんなばかに惚れている自分もたぶん救いようがない大ばかなのだ。

卒業式の準備委員に任命された。

いままでも補助という形で参加したことはあったが、メインで式典に関わるのは初めてのことだ。

そもそも侑希《ゆうき》がクラス担任を受け持つのも、今年度が初めてだった。この三月に卒業を迎える学年が一年次の際に副担任を任され、そのまま継続して二年次も副担任をやった。そうして昨年の春、またしても持ち上がりで、今度は担任になった。

つまり、今年度卒業の生徒たちは、侑希が三年間授業を受け持ち、かつそのうち四十名は副担任および担任としても関わった生徒たちだ。その彼らの卒業式なのだから、自ずとそれまでのものとは思い入れも違ってくる。

できれば、みんなの心に残るセレモニーにしたい。

そんな想いを胸に秘め、年明けからの準備委員会の会議に出席した。例年の行事なので予め《あらかじ》式次は決まっており、意見が割れることもなく会議自体の進行はスムーズだったが、ひとつだけ紛糾《ふんきゅう》した議題があった。

答辞を誰に読ませるか。

成績だけで選ぶならば、ひとりの生徒が図抜けている。全国模試もダントツでトップ。また彼は学力だけでなく、運動能力にも秀でていた。

しかしいかんせん、生活態度に難がある。お世辞にも真面目とは言えず、一年次の一時期など不登校だった経歴がある。その後どうにか持ち直し、以降はきちんと学校に通うようになったが、相変わらず協調性は皆無で、傲慢《ごうまん》で俺様な態度も変わらず……。

「やはり、神宮寺《じんぐうじ》はナシでしょう」

ベテラン教師の口から発せられた名前に、侑希はぴくりと肩を震わせた。

「……ですね。見栄えがするので惜しいですけど。そもそもあいつが卒業生代表なんて役割を引き受けるとも思えない」

「どうせ、『めんどくせー』で一蹴《いっしゅう》されるのがオチですよ。大学進学を決めさせるのだってどれだけ大変だったか。その気になれば東大《とうだい》だって京大《きょうだい》だって行けるのに」

「まったく、ある意味無欲っていうのかねえ。天才の気持ちは我々凡人にはわからんよ」

先輩教師たちの話を黙って拝聴しながら、侑希は、この手の愚痴《ぐち》を耳にするのも今年が最後なんだなとしみじみ思った。

この三年間、ここ『明光学園《めいこうがくえん》』に携わる人間で、神宮寺峻王《たかお》という生徒を意識したことがない者は皆無だろう。自分たちの尺度では測れない「学園始まって以来の逸材」を、周囲は遠巻きに注視し続けた。時に畏怖《いふ》の眼差《まなざ》しで、時に畏敬の眼差しで。不遜な態度に眉をひそめることはあっても、どうしても無視できない独特の存在感が峻王にはあるからだ。

いまは持て余し気味の教師たちも、峻王がいなくなったあとで、その存在の大きさを改めて実感する日がやってくるのかもしれない。

結局、卒業生代表は学年二番手の成績の生徒に決まり、合唱部や吹奏楽部との事前の打ち合わせも済み、卒業式当日を迎える。

午前十時、講堂に卒業生とその保護者、教師、在校生代表、来賓などが集まり、式典が始まった。

まずは卒業証書の授与。壇上に上がって証書を受け取る生徒ひとりひとりの横顔を、教員席の侑希は感慨深く見つめた。どれも授業で受け持った顔だ。中にはよく質問に訪れた生徒もいる。

十五分ほど経った頃、長身の生徒が卒業生の一団から立ち上がった。学ランに包まれた引き締まった肉体は、他の男子生徒と比べて明らかに完成度が異なる。その容貌も、まだ幾ばくか幼さの残る同級生たちと違って、すでに成熟した男の色気を纏《まと》っていた。

野趣《やしゅ》と艶《つや》の同居した大人びた美貌に、保護者席から驚きのため息が漏れる。

だが当人は自分に向けられた注目の視線など毛ほどにも感じていない不敵な顔つきで、壇上への階段を上がり、学園長の前へと進み出た。壇上の真ん中に立つ堂々たる雄姿を、侑希はひときわの感慨を持ってじっと見つめる。

（……峻王）

卒業式とかめんどくせーと、例によってサボタージュしようとする峻王を諌《いさ》め、宥《なだ》め賺《すか》し、最後は頼み込んで参加させたのだが――学園長から卒業証書を受け取り、きちんと一礼する姿に胸がじーんと熱くなった。

人間と歩調を合わせる学園生活は、人狼である峻王にとって窮屈《きゅうくつ》だったに違いない。それでも途中でドロップアウトすることなく、こうして卒業の日を迎えることができた。

（よかった）

教師として恋人の高校生活を見届けることができた誇らしい気持ちと、これでもう学校で一緒に過ごすことはないのだという一抹の寂しさが入り交じった複雑な心情を抱えつつ、侑希は壇上から降りてくる峻王に心の中で（おめでとう）とつぶやいた。

と、峻王が首を回し、誰かを捜すような素振りを見せる。教員席で峻王を見ていた侑希と目が合った瞬間、ふっと口許で笑った。

これがあんたの望みだろ？　満足か？

そう言いたげな眼差しにこくこくとうなずく。じわっと涙腺が緩みそうになるのを、侑希は懸命に堪《こら》えた。


学園長の言葉、保護者代表の挨拶《あいさつ》、来賓の祝辞、在校生の送辞、卒業生の答辞と、つつがなく式次は進行し、「仰《あお》げば尊《とうと》し」の合唱の中、卒業生たちが退場していく。侑希も、めいっぱいの拍手で彼らを送り出した。

あと片づけが終わった侑希が講堂から外に出ると、まばらではあったが、まだ卒業生や保護者、在校生が校庭に残っていた。その中でもとりわけ大きな集団に視線が吸い寄せられる。輪になって群がる女子生徒の中央に立つのは、頭ひとつ抜き出た峻王だ。どうやら、今日が最後と勇気を振り絞った女子生徒たちが、果敢《かかん》にもアタックをしかけているらしい。

「先輩、写真一緒に撮ってもいいですか？」

「私もお願いします！」

「私も！」

「第二じゃなくてもいいんでボタン……いただけませんか？」

機を見てひとりがおずおずと切り出したとたん、一瞬にして場が殺気立った。

「あんたなに抜け駆けしてんのよ!?」

「そうよ！　みんな我慢してるんだから！」

ヒートアップする彼女たちに冷や水を浴びせるがごとく、峻王がうざったそうに告げる。

「悪《わり》ぃけど、そーゆうの無理だから」

「そ……そうですよね〜？」

「私たち、写真だけで充分ですから！」

（……すごいな……）

ぼーっと立ち尽くしてその様子を眺めていると、「立花《たちばな》先生」と声がかかった。振り向いた背後に男子生徒が数人並んで立っている。

「ああ……卒業おめでとう」

「ありがとうございます。あの、俺たちが志望の大学に入れたの、先生のおかげです」

「そんなことはない。きみたち自身ががんばったからだよ」

「それで……最後に一緒に記念写真お願いしてもいいですか？」

意外な申し出に面食らいつつも、「ぼくなんかでいいなら」と答えた。すると「俺も」「俺も入る」と全部で五人の生徒に囲まれる。

みんなで一緒の写真に収まったあとで、ひとりの生徒が微妙に赤らんだ顔で言い出した。

「握手してもらっていいですか？」

「ああ……もちろん」

申し出に応じて右手を差し出す。だが握手の寸前、後方から二の腕を掴まれ、ぐっと引かれた。

「あっ……？」

振り返り、いつの間にかすぐ後ろに立っていた峻王と目が合う。その黒い瞳は、不穏に底光りしていた。

「神宮寺？　……どうした？　女子たちは？」

「女なんてどーでもいい。——来いよ」

摑まれた腕を引っ張られ、乱暴に引っ立てられる。ぽかんと口を開けて見送る生徒たちの姿が目の端に映り、焦った。

「ちょ……ちょっと待てって！　痛い！」

文句を言ったが峻王は聞く耳を持たず、そのままぐいぐいと引きずられて、社会科準備室に連れ込まれる。

薄暗い部屋に自分たち以外の誰もいないのを確認して、侑希は強引な男の手を振り払った。

「いきなりなんなんだ!?」

「男の手とか握ろうとしてんじゃねーよ」

峻王が不機嫌そうに吐き捨てる。

「男の手って握手だろ？　おまえだって女子に囲まれてまんざらでもなさそうだったじゃないか」

「なに？　妬《や》いてんの？」

「……っ……妬いてなんかないっ」

ぷいっと顔を背け、背中を向ける。すると峻王が後ろから抱き締めてきた。

「ばか。放せよ。誰か来たら……」

「なぁ……覚えてる？　はじめの頃、ここであんたとエッチしたの」

首筋に落ちる低音にぴくっと震える。

「あん時のあんた、かわいかったよな。生まれたての小鹿みたいにブルブル震えて、なのにすげぇ感じてた」

記憶の扉を叩かれ、当時の痴態《ちたい》が蘇《よみがえ》ってきて、カーッと全身が熱くなった。

「なぁ、やろうぜ？」

とんでもない誘い文句に侑希は飛び上がり、くるっと身を返す。

「なっ……なに言ってるんだ！」

「だってもう今日が最後のチャンスじゃん。俺が卒業しちゃったら、二度と学校でできないんだぜ？　制服の俺とやれるラストチャンス」

「なにがラストチャンスだ」

「な？　卒業祝いに……あんたをくれよ」

卒業祝いという言葉にぐらつきかける侑希を見透かしてか、峻王が色悪な笑みを浮かべた。その年齢にそぐわない、艶めいた雄の表情でそそのかす。

「卒業式の思い出が欲しい……先生」

「そうやって甘えてねだればなんでも思いどおりになると思ってるのか？」

「思ってるよ」

「…………っ」

「だってあんた、さっき式の最中、俺に見惚れてただろ？　……そんで少し欲情してた。違うか？」

侑希は目の前の自信満々な顔を睨みつけ、唇を嚙み締めた。

否定できない自分が情けない。

「睨んでも無駄だぜ？　かわいいだけだから」

甘くて昏《くら》い声が囁き、美しい貌が近づいてきた。唇に吐息が触れ、やわらかい感触が触れる。唇から伝わる熱に、抗う力がみるみる削がれていく。

誘惑に弱い自分を疎《うと》みながらも、侑希は制服の背中にのろのろと腕を回した。

教え子としては最後の熱情を、我が身に刻みつけるために――。

獣情

「そうか。戻りは明後日か。……わかった」

スマートフォンを耳に当てた侑希《ゆうき》は相槌《あいづち》を打った。

『なかなか戻れなくて悪い。そっちは大丈夫か？』

本当にすまないと思っているのがわかる峻王《たかお》の声音に、わざと明るい声で「こっちは大丈夫だ」と言い返す。

「それよりおまえのほうが心配だよ。かれこれ一週間ホテル住まいだからな。ちゃんと三度食事はとっているか？」

遠地の恋人を案じながら窓に近づき、カーテンの隙間から外を見た。

冬の夜空に下弦の月がひんやりと浮かび上がっている。

『とってるって。あんた、そればっかだな』

やや呆《あき》れたような声が返ってきた。そう言われてみれば昨日も口にしたかもしれない。

だが離れていると心配で、つい母親のようなお節介を焼いてしまうのだ。

「……ならいいけど。あと会食の席で酒は呑みすぎないようにな。ほどほどにしろよ」

『わかってるって。あんまり呑みすぎて引かれるのもやばいからな』

繁殖期であるいま現在、峻王はどれだけ呑んでも酔わない。三日くらいなら眠らなくても平気だ。

だが、その超人的なパワーを他人に悟らせるわけにはいかない。

人狼であるという「秘密」は、絶対に人間に知られてはならない。

それが、いにしえより伝わる一族の掟《おきて》だ。

『なぁ』

不意に耳許の声が甘く掠れて、侑希はぴくっと首筋を震わせた。

『早く帰ってあんたを抱きたい』

欲情が滲《にじ》む昏《くら》い囁きに、今度はぶるっと全身を震わせる。

ただでさえ万年発情系の峻王だが、繁殖期——つまり発情期になれば、その欲望はひときわ強くなる。

冬場の狼は春の出産に備えて子作りに勤《いそ》しむ。その例に違《たが》わず、峻王も普段は意識下に眠っている動物としての本能が目覚め、より野性的になるようだ。

「…………」

恋人の声にひそむ色香に当てられた侑希が、とっさにリアクションを取れずにいると、

『……わかってるって』

ため息混じりの低音が耳殻《じかく》に届く。

『……これが「仕事」なんだからしょーがないよな』

「峻王」

『とっとと「仕事」済ませて明後日の早いうちに戻るから』

苛立《いらだ》ちを吹っ切るような物言いに、「うん……待ってる」と答えた。

『寂しいからって自分で抜いたりすんなよ』

真面目な声で釘を刺され、「ばか」と言い返す。

「もうそんなに若くないよ」

『とにかく俺のためにとっとけ』

「わかってるよ」

笑って請け負った。

『明日の夜は会食だから、電話かけんのが遅くなるかもしれないけど』

「無理しなくていいから」

『無理じゃねーよ。俺があんたの声聞きたいんだよ』

ちょっと拗《す》ねた口調がかわいくて、覚えず口許が緩む。

日に日に成熟して男ぶりが上がり、最近は近寄りがたい威厳すら漂わせているが、こんなところは十代の頃と変わらない。

『んじゃな。お休み』

「……お休み」

通話を終了させた侑希は、ふーっと息を吐いた。窓のサッシを開けて室内に夜風を取り込む。窓から顔を出し、恋人との会話で火照《ほて》ってしまった肌を冷気で鎮《しず》めた。

電話の相手である神宮寺《じんぐうじ》峻王と共に暮らし始めて十年。

早いもので、侑希の教え子で高校生だった峻王も、この春で二十六になる。

大学卒業後、峻王は家業を継ぐために『大神組《おおがみぐみ》』に入った。大神組は、江戸末期から続く任侠《にんきょう》組織だ。ゆくゆくはその組長の座を、父の月也《つきや》から受け継ぐことになる。

叔父の岩切《いわきり》、そして御三家の一翼《いちよく》を担う都築《つづき》といった二大教育係に、任侠道と帝王学を叩き込まれた峻王は、見習い期間を経て、昨年の秋から若頭補佐という肩書きを持つに至っていた。

そして、この肩書きを持ったとたんに恋人は忙しくなった。

それまでは、あくまで父親や叔父の「お供」だったのが、父の名代《みょうだい》として義理掛けや会合に出席するようになったのだ。若い組員を数人引き連れ、しょっちゅう地方へも出かけていく。

月也や御三家としては、遠からず訪れる峻王の組長就任を見据え、後継者としての峻王を周囲に広く認知させたい思惑があるようだ。

やくざ業界ではなにより「義理」が重視され、関連組織同士の横の繋がりが大切であるのは、侑希も神宮寺の屋敷に住むようになって知った。

大手の傘下に下っていない大神組にとって、交流のある組織との連携は必須。

現在の一本独鈷《いっぽんどっこ》の体制を維持するためには、関連組織との友好関係をキープしなければならない。

そのためには、まめに慶事や法事に顔を出す必要がある。組織の規模によっては幹部が何人もいるので、義理掛けだけでも結構な頻度になるのだ。

先週も月也の名代で、峻王は九州に出向いていた。九州全域に拠点を持つ、中堅組織の組長の祝い事だ。

昨日の夜には戻ってくる予定だったが、先方の組長が峻王を気に入り、地元の有力者にぜひ引き合わせたいという話になったらしい。せっかくの申し出を断れば、組長の顔を潰すことになる。

そこで延泊の運びとなったのだ。

先程の電話は、有力者との会食が明日の夜に決まったので、戻りは明後日になりそうだという報告だった。

——……これが「仕事」なんだからしょーがないよな。

峻王の台詞《せりふ》を思い出し、感慨深い気持ちになる。

出会った頃の峻王は、同族でさえ持て余す「獣《ケダモノ》」だった。

人狼故にＩＱが並外れて高く、身体能力もずば抜けており、高校生とは思えない不遜なオーラを身に纏《まと》っていたが、いかんせん中身が伴っていなかった。

傲慢《ごうまん》で唯我独尊《ゆいがどくそん》。人を人とも思わず、自分の欲望を優先する。

それが侑希と出会い、生涯の伴侶として共に歩き始めるうちに、少しずつ変わってきた。

大学に通い、アルバイトを経験し、身内以外の他者と触れ合う過程で社会性を培った。

いまは大神組という組織の中で、人間関係を学んでいる真っ最中だ。

責任あるポジションに就いたことによって、一番苦手だった忍耐と我慢を習得しつつある。

（大人になったな……）

いずれ組のトップとなるからには、人心掌握《じんしんしょうあく》術は必要不可欠。

現組長である月也は、類《たぐ》い希《まれ》な美貌とカリスマ性で、内外に崇拝者を多数持つ。

代替わりの暁《あかつき》には、その月也に代わって峻王が組員たちを束ね、組織を運営していかなければならないのだ。

峻王もカリスマ性は父に負けていないが、人の心を摑む術《すべ》は、まだまだ遠く及ばない。

それをわかっているのだろう。役職がついてからの多忙な日々に文句を言いながらも、きちんと投げ出さずにタスクをこなしている。今回の件だって、昔の峻王なら、先方のメンツなど知ったことかと、さっさと帰ってきてしまうところだ。

大神組の将来を思えば、峻王の成長はとても好ましいことなのだが。

（いかんせん……多忙すぎる）

一方の侑希も四年前より学年副主任というポストに就いていたが、さらに昨年から進路指導教官という職務が加わり、会議や研修などの業務が激増した。

戻ってきた峻王と入れ替わりで地方出張に出ることも多い。

一緒に住んでいるのにすれ違ってばかりで、なかなか一緒の時間を作れない。

それが、このところの最大の憂《うれ》いだった。

こうなる前がとにかくべったりだったので、よりいっそう欠乏感が大きいのかもしれない。

今日こそは——と思って学校から早く帰ってスタンバイしていたから、さっき峻王から『戻りは明後日』と聞かされ、かなりがっくりきた。

がっかりした心情を声に出さないようにするのに一苦労だった。

ふと気がつくと、日常の些細なことにイライラしている自分がいる。

今日も学校で、新米教師が会議中スマートフォンを弄《いじ》っているのを見咎め、みんなの前で注意してしまった。真っ赤な顔で謝罪する彼を見て、人目のない場所で言えばよかったと後悔したが……。

自分の中に小さなストレスが蓄積されているのを感じる。

社会人生活の長い自分ですらそうなのだから、本来適性のない「忍耐と我慢」を自らに強《し》いている峻王は、相当溜まっているはずだ。

「……お互い発散が必要だよな」

細い月を眺めてひとりごち、侑希はゆっくりと窓を閉めた。

「旅行？」

翌々日、漸《ようや》く本郷《ほんごう》に戻ってきた峻王からスーツのジャケットを受け取った侑希は、昨日一日あたためていたプランを口にした。

「そうだ。しばらく行っていないし、リフレッシュを兼ねて……近場でもいいから出かけないか？」

すっかりスーツ姿も板に付いた峻王が、慣れた手つきでネクタイを緩める。

「……そういや、あんたと最後に泊まりでどっか行ったのって、去年？　一昨年？」

「一昨年の夏だよ。賀門さん一家が独立してキズとタカがいなくなって、俺がしょげていたら、おまえが誘ってくれた」

「そうだったな。沖縄に行ったんだったっけ」

「もうすぐ春休みだから俺は時間が取れる。おまえさえよければ、二泊くらいでどうだ？」

本当はもうちょっと長く行きたいが、いまのふたりの状況では二泊三日が現実的だと思い、そう提案した。

「……そうだな。ここんとこ東京を離れるにしても『仕事』ばっかりだったし」

シャツのボタンを外しながら思案の表情を浮かべていた峻王が、「よし、行くか」とつぶやく。

「ほんとか？」

峻王の賛同を得られ、一気にテンションが上がった。

「おう、そろそろ気分転換したいと思っていたところだし、屋敷にいるとなんだかんだ組のこと考えちまうしな」

やはり峻王もストレスを感じていたのだ。

「よかった。……じゃあすぐに企画を立てるよ。いまから春休みが楽しみだ」

浮き立った声が出る。ハンガーにかけたジャケットをクローゼットに仕舞って戻ると、峻王がすっと手を伸ばしてきて、侑希の腕を摑んだ。摑まれると同時にぐっと引き寄せられる。

気がつくと侑希は峻王の腕の中にいた。間近の美しい貌に心臓がトクッと跳ねる。

もう十年のつき合いになるのに、恋人にこんなふうに抱き締められる都度《つど》、いまだに鼓動が高まる。

とりわけ発情期の峻王は、全身から迸《ほとばし》るフェロモンが半端ないのだ。まとわりつくような濃厚な雄の色香に、頭の芯がクラクラする。

艶々と光る漆黒の瞳で侑希を見つめていた峻王が、口を開いた。

「そっちも楽しみだけど、俺的には目先の欲求のほうがいまは切実」

「目先の欲求？」

「一週間以上あんたを食べてないんだぜ？　もう腹がぺこぺこだ」

掠れた声で訴えられ、体がじわっと熱を孕《はら》む。

「食っていい？　ってか、絶対食うけど」

傲慢な物言いをした峻王が、いきなり侑希の下唇を甘嚙みした。

「痛いって」

文句を言う唇を、今度はぺろりと舐める。さらに頰をぺろぺろ舐め、耳朶《じだ》を緩く嚙んだ。

このシーズンになると、峻王の犬歯は通常より伸びて尖る。発達した犬歯を耳の軟骨に立てられて、甘い痛みにぞくっと背筋が震えた。

「あ……」

いまのでスイッチが入ってしまった。それを察したのだろう。峻王が肉感的な唇をにっと横に引いた。

「感じた？」

含み笑いの峻王を、侑希は上目遣いに睨《にら》んだ。

「こら、責任取れよ」

「取れって言うならいくらでも取るぜ？　頭からがぶっと骨までぺろっと」

不遜な笑みを浮かべた峻王が、耳殻に囁いた。

「なんてったって……腹ぺこだからな」


「このあたり……なんか懐かしいな」

４ＷＤのステアリングを握りながら峻王が言った。その声からは浮き立つ心情が隠しようもなく滲み出ている。

車窓から見える景色は一面の白銀世界だ。

雪深い地に住んでいる人たちは、難儀に思いこそすれ、もはや雪に心躍ることはないのかもしれないが、東京から来た自分たちは違う。

この冬、東京も何度か雪が降ったが、どれも積もるほどではなく翌日には消えてしまった。その程度の雪に慣れている目には、やはりすべてが白く染まった世界は新鮮に映る。

「うん……前に来たのが、確か四年前か。まだ双子が小さかったからな」

助手席の侑希の返答に峻王が「そうそう」と相槌を打った。

「双子の野外合宿《アウトドア》で来たんだよな」

峻王の甥っ子の双子――希月《きづき》と峻仁《たかひと》は東京生まれの東京育ちだ。

狼に変身する力を有しているが、当然、人前ではその姿になることを禁じられている。

都会しか知らない彼らに、狼の姿で心ゆくまで野山を駆け回らせたい。

そう願った保護者たちが、四年前、双子を連れての小旅行を計画したのだ。

行き先は雪深い北陸の地。

まさにいま、自分たちが向かっている雪山だった。

三日間、人里離れた雪山の中腹に建つ山小屋に寝泊まりして、双子を自然と触れ合わせるためのフィールドワークを行った。

教師役を人狼の血を引くふたり――峻王と双子の母親である迅人《はやと》が担い、双子の父親の賀門《がもん》と侑希はサポート役に回った。

子供たちはあの合宿を経て、ぐんと成長したように思う。

自分たちの人狼の血にプライドを持つようになった。

普段の抑制を解き放ち、雪山を生き生きと駆け回る四頭の姿に自分も癒やされた。いまでも時々、あの時の彼らを思い出す。

「あの時は双子の教師役だったから、自分のことは二の次だっただろ？」

侑希が問いかけると、峻王はちらっと横目でこちらを見た。

「まぁな」

「だから今回は思う存分、好きなだけ駆け回ってもらいたいなと思って」

人間社会で溜めたストレスの解消には、野性に戻るのが一番の特効薬だと思い、今回の行き先を決めたのだ。

「……それで雪山か」

峻王が腑《ふ》に落ちたような表情をする。今回の小旅行は侑希が仕切り、直前まで忙しかった峻王はそれに乗っかる形だった。雪山を選んだ理由は話していなかったので、いま説明を聞いて納得がいったようだ。

「雪山と言えば……十年前の初めてのドライブ、覚えてるか？」

この質問は、確か前回は峻王のほうから出たはずだ。

「もちろん」

機嫌のいい声で峻王が答える。

「あの時はまだ俺が免許なかったから、あんたが運転して連れて行ってくれたんだよな」

あの時も、峻王を思う存分に狼の姿で駆け回らせたくて……人気のない雪山へ連れて行った。

思えばあの夜を境に、自分たちの関係は変わり始めた。

それまではただ動物のように体を繋げていた。

強引に奪うことしかしない峻王に対して、自分が抱いていた心情のほとんどは「畏怖《いふ》」だった。

でも、あの雪山の夜から峻王は変わった。こちらの体調を気遣うようになり、次第に気持ちが伴うセックスをするようになった。

それによって自分もまた……峻王に惹《ひ》かれ始めたのだ。

(いや……そうじゃない)

本当は、学校で初めて目を合わせた瞬間から、その強い眼差《まなざ》しに惹かれていた。

気高き孤高の魂《たましい》に、どうしようもなく囚われてしまったのだ。

あれから十年。

正直に言って、一緒に暮らし始めてからもしばらくは、不安な気持ちが完全には拭い切れなかった。

こんな幸せはそう長く続かないと、心の片隅で覚悟していたところがあった。

それほどまでに、ふたりの道行きには障害が多かった。

男同士で教師と生徒、さらに神宮寺家が任侠の家柄という特異なバックボーン。

しかしなによりも大きなハンデとなったのは、人間と人狼という種族の違いだ。

だが、そのどれをも峻王は侑希の手を取って、ひらりと乗り越えてくれた。

試練に揺れ惑う自分を時に叱咤し、時に強く抱き締めて……。

そうだ——峻王が自分の手をしっかり握って離さなかったから、ここまで来られた。

そうでなければ、こんなに長くは続かなかった……。

「先生?」

怪訝《けげん》そうな呼びかけに、物思いから引き戻される。

「ああ……ごめん」

峻王に道案内を仰《おお》せつかっていたのにぼーっとしてしまった。雪を見ると郷愁に駆られるのは、やはり初めての雪山ドライブが自分たちのターニングポイントであり、自分の中で大切な思い出だからだろう。

「そろそろじゃね？」

「そうだな……ええと……あ、あそこだ！」

林立する樹木の間から覗く特徴的な三角屋根には見覚えがあった。

「あー、ほんとだ。ってことは、この細い道を上がるのか」

「大丈夫か？」

「俺のドライビングテクニック舐めんな。賀門のおっさんにゃキャリアで負けるけどな」

その言葉は驕《おご》りでもなんでもなく、実に危なげない運転で蛇行する雪の斜面を上った4WDが、ログハウスの前に停まる。

「運転お疲れ様」

「あんたもナビ、お疲れ」

お互いに労《ねぎら》い合い、車から降りた侑希と峻王は、ラゲッジスペースから荷物を取り出した。バックパック二個と食材が入ったクーラーボックスを山小屋に運び入れ、一階の居間の暖炉《だんろ》に火を入れる。

部屋があたたまってきたのでダウンジャケットを脱ぎ、キッチンでお湯を沸かした。侑希が持ってきた粉でコーヒーを淹《い》れる。

「ほら、コーヒー」

「サンキュ」

侑希からマグカップを受け取った峻王が、煉瓦《れんが》の暖炉の前のソファに腰を下ろした。

「変わってねぇな」

木の梁《はり》や木目がそのまま活《い》かされた内装をぐるりと見回してつぶやく。

「別荘用に建てた小屋みたいだけど、オーナーが高齢になって、最近はほとんど使用していないみたいだな」

そのオーナーが、月也の古くからの知り合いであるツテで、今回も借りることができたのだ。

この周辺は他に小屋もなく、スキーやスノボができるような滑走路もないので本当に人がいない。万が一にも狼の姿を見られたら大騒ぎになるので、その点はうってつけだった。東京から三時間ちょっとで着くのも魅力的だ。

「さて、これからどうする？」

コーヒーのマグカップをテーブルに置いて、峻王が切り出した。その表情から、外に出たくてうずうずしているのがわかる。侑希は壁掛けの時計を見た。

「……十二時五分前か」

本郷を早めに出たため、まだギリギリ午前中だ。

「昼を食べてから早速出かけるか」

侑希の提案に、峻王が瞳を煌《きら》めかせて「おう」と返事をした。

侑希が作ったサンドイッチを腹に入れ、ふたりで雪山登りのための準備をした。

準備と言っても、大仰《おおぎょう》なものではない。

フリースの上下に防水加工のアウタージャケットを羽織り、ネックウォーマー、帽子、ゴーグルを装着。足許は登山靴。背中にバックパックを背負い、手袋をした手にはピッケル。夕方には山小屋に戻ってくるので、食料や宿泊用のテントなどは持参しない軽装備だ。

前回は、双子と峻王、迅人が狼の姿で雪山を駆け回っている間、侑希と賀門は山小屋で留守番をしていたが、今回は侑希も山に登ることになった。

こうなった発端《ほったん》は峻王からの誘いだった。

『今度はさ、あんたも一緒に登ろうぜ』

山登り初心者の自分は足手まといじゃないかと心配したが、『留守番するなら一緒に行く意味ないだろ』と返されて、それもそうかと納得した。

『ゆっくり休み休み登ればいい。そんなに標高も高くないから、初心者でも大丈夫だって。いざとなったら俺がフォローするし』

『わかった。その代わり、二日目は狼の姿で、俺のことは気にせず自由に行動して欲しい』

侑希が出した交換条件を峻王が受け入れて、今回の運びとなったのだ。

「よし、じゃあ行くか」

ログハウスを出ると、空は綺麗《きれい》に晴れ渡っていた。一面の雪に太陽光が反射して、キラキラ眩《まぶ》しいくらいだ。

ゴーグルを下ろした峻王に促され、侑希も眼鏡の上にゴーグルを装着した。多少嵩張《かさば》るが、ゴーグルなしでは雪の反射で目をやられてしまう。

峻王を先頭に山道を登り始めた。峻王は四年前に登っているので、地形は頭に入っている。比較的初心者向きのコースを選択してくれるはずだ。

ピッケルで雪を刺し、キュッ、キュッと斜面を踏み締め、侑希は一歩ずつ進んだ。

十五分も経《た》たずに息が切れ始める。

「はぁ……はぁ……」

山登りすらほぼ初めてなのに、さらに雪山だ。滅多《めった》に里の人間も足を踏み入れない山なので、道らしい道もなく、雪がかなり深く積もっている。思っていた以上に手強かった。

滑らないように踏ん張るせいか、ほどなく膝が震え、股関節もギシギシ軋《きし》み出した。零下《れいか》の気温でも額や背中にみっしりと汗を掻く。

一方、前を行く峻王は足取りが軽やかだ。侑希より体重だってずいぶん重いはずなのに、フットワークも軽く山道を登っていく。

その姿を見れば、やはり本来のホームグラウンドはこっちなんだな……と思える。

都会では、持てる能力をセーブしなければならない。本気を出すことは許されない。

人間との共存のために、仕方がないこととはいえ——。

少しばかり切ない気分になっていると、先を行く峻王が足を止めて振り返った。いつの間にか、かなり距離が空いてしまっていた。

「大丈夫か？」

足を止め、侑希が追いつくまで待っていてくれる。そこからは意識してペースを落としてくれた。峻王にしてはおそらく持てる力の半分も出していないペースだ。

峻王が雪を踏み締めてくれるので、侑希はだいぶ楽をしている。

それでも、三十分を過ぎる頃には周囲を見る余裕が無くなってきた。

峻王の背中だけを見つめ、ひたすら黙々と登り続ける。何度となくよろけ、転び、そのたびに峻王に腕を摑んで引き起こしてもらった。

途中休憩を入れつつ二時間ほど登り、さすがにもう限界、足が動かないと音《ね》を上げかけた時——突如視界が開けた。

山の頂上に着いたのだ。

「もう一息だ。がんばれ！」

峻王に励まされ、引っ張り上げられて、ぜいぜいと息を喘がせながら、最後の急斜面をどうにか登り切る。達成感も束の間、峻王に腕を引かれた侑希は、まだやわらかい雪の上をよろよろと歩いた。

ふたりで一番見晴らしのいい場所に立ち、ゴーグルを上げる。

「う……わー…………」

眼下に広がる里の風景に言葉を失った。

家々の屋根や樹木、畑が白い雪に覆われている景色は、まるで精巧なジオラマのようだ。

特に華美な建物や突出したなにかがあるわけではない。

至って素朴だけれど、自然と共存する人々の暮らしが、そこには静かに息づいている。

しばらくの間言葉もなく、胸に染み入るような田園風景にふたりで見入った。

「大変だったけど……登ってよかった」

やがて口を開いた侑希が、感じ入った声を出すと、峻王もうなずく。

「これぱっかりは、自力で登った者だけに与えられる特権だからな」

「……うん」

そのとおりだ。ここに来なければ一生見ることができなかった。

侑希は眺望から視線を転じ、傍らに立つ恋人を見た。

「おまえと一緒に見ることができてよかった」

目の前の素晴らしい景色をパートナーと共有している。

気持ちの共鳴が、なによりの褒美だと感じた。

「ここまで連れてきてくれてありがとう」

峻王も侑希を見て、にっと唇を横に引く。このところ成熟度が増し、ぐっと大人びたと思っていたが、今日の峻王は大自然の中にいるせいかハツラツとして見える。表情も生き生きとして瑞々《みずみず》しい。

出会った頃に戻ったみたいだ。

悪戯《いたずら》っぽく瞳を輝かせた峻王が、侑希の腕を摑んでぐいっと引き寄せる。

「峻王？」

「登頂記念にキスしようぜ」

侑希も笑った。どんな時も、隙あらばキスを欲しがるところは本当に昔から変わっていない。

向き合ってゆっくりと唇を合わせた。

ここなら誰にも気兼ねする必要もない。見ているのは山の神様くらいだ。

重なった唇を啄《ついば》み合い、少しずつキスを深めていく。舌を絡ませ、甘噛みし、唾液を交換する。

「……ふ……ンっ……」

口腔内を少し乱暴に掻き混ぜられて喉が小さく鳴った。

もう何度……何百……下手をしたらもっと……峻王とはキスしてきた。

なのに――いまだに胸の奥が甘く疼く。背筋がビリビリと震える。

「……ん……」

熱く濡れた口蓋《こうがい》を互いに味わい尽くしたあとで、名残惜しげに何度か唇を吸い合い、そっとくちづけを解いた。

「あ……」

刹那《せつな》、ひらりと白いものが舞い降りてきて、侑希の眼鏡に張りつく。

顔を仰向けると、無数の白い結晶が天空から降り注ぐのが見えた。

「雪が降ってきたな」

やや険しい眼差しで天空を見つめ、峻王がつぶやく。

「そろそろ陽も落ちる。急いで下山しよう」


山の天候は変わりやすい。

そう聞いてはいたが、こんなにも急激に変わるとは思っていなかった。

からりとした晴天だったのが一転、侑希と峻王はびゅーびゅーと吹きすさぶ吹雪の中にいた。

はじめはパラパラと降っていた雪が本格的な降りになるまで、さほど時間を要さなかった。

やがてその雪に風が加わり、横殴りの雪に阻《はば》まれ、歩行すら困難になる。

ただでさえ初めての雪山でいきなりの悪天候に見舞われた侑希は、内心かなり動揺していた。峻王がいなかったら、パニックの末にへたり込んでいただろう。

「こっちだ」

峻王が手を引いて誘導してくれるのに、ついていくので精一杯だ。はぐれないようにしっかりと手を繋ぎ、吹雪の中をどうにか少しずつ進む。

激しく降りしきる雪のせいで十センチ先も見えない。

視界を閉ざされ、びょーびょーと鳴る風の音で聴覚も用をなさず、どこへ向かっているのかまったくわからなかったが、峻王には明確な目的地があったらしい。

やがて斜面にぽっかり空いた岩穴に辿り着いた。

屈み込むようにして入った横穴は、奥行きが五メートルほど。奥に行くほど天井が高くなり、最奥では立って歩けるほどになった。ここまで来ればもう雪も吹き込んでこない。

ゴーグルを持ち上げ、侑希はふーっと息を吐いた。

「四年前のフィールドワークで見つけた岩穴だ」

同じくゴーグルを上げながら峻王が説明してくれた。土地勘があったとはいえ、あの吹雪の中でここまで辿り着いたのは、さすが狼の嗅覚というか。

(助かった)

峻王がいなかったら完全に遭難していた。

ほっと脱力して、体中にくっついた雪を手でパンパンと払う。ゴーグルで覆っていたにもかかわらず、眼鏡はびしょ濡れ、まつげも凍っていた。

「……すごかったな。いきなりでびっくりした」

「雪山侮《あなど》れねーな」

峻王が渋い顔で低音を落とす。

「前に来た時はずっと晴れてたから油断したぜ」

確かに油断していた感は否めない。さっと登ってすぐ山小屋に戻るつもりで、軽装備で来てしまった。東京を出る時に天気予報をチェックしてきたが、こんなふうに崩れるとは出ていなかった。

「……吹雪、どれくらいでやむかな？」

一時間なのか、三時間なのか、それとも一日なのか。初めてのことなのでまるで予想がつかない。

「わからねぇが、やむまではここで凌ぐしかねぇな」

峻王もわからないらしく、肩をすくめた。もし侑希ひとりだったら不安で取り乱していただろうが、峻王が一緒だと思うと不思議な安心感がある。

大丈夫だ。峻王がいる。だから大丈夫。

自分に言い聞かせているうちにだいぶ落ち着いてきた。が、入れ替わるように今度は寒気が襲ってくる。

（……寒い）

足の先から忍び寄ってくる冷気に、侑希はぶるっと震えた。防水用のジャケットのおかげで濡れることは免《まぬが》れたが、動くのをやめたせいで急激に体温が下がっているようだ。

まさかこんなことになるとは思っていなかったから、ライターひとつ持ってきていない。そもそもここには木っ端《こっぱ》もないので、ライターがあったとしても火を起こすことは不可能なのだが……。食料もないから、カロリー摂取で体温を上げることもできない。

仕方なく自分で自分を抱き締め、二の腕を擦っていると、峻王が「寒いか？」と訊《き》いてくる。

「……うん」

「ちょっと待ってろ」

峻王がアウタージャケットを脱いで岩肌に敷き、まず自分が腰を下ろした。そうしてから侑希に向かって「来い」と手を伸ばす。誘われるがままに、侑希は峻王の膝の上に後ろ向きに座った。

「俺のほうが体温高いから」

峻王がくるむようにして、ぎゅっと背後から抱き締めてくれる。

「どうだ？」

「うん……あったかい」

口ではそう言ったが、どうやら体の芯まで冷え切ってしまっているようで、失った体温をなかなか取り戻せなかった。

峻王の腕の中でもおこりのような震えが止まらない。上下の歯根が嚙み合わず、カチカチと耳障りな音を立てた。

峻王が侑希の首筋に唇を押しつけ「冷てぇな」とつぶやく。

「くそ……だめか」

低く唸《うな》ったかと思うと、侑希を抱いていた腕を解いた。侑希を膝からジャケットの上に下ろし、自分は立ち上がる。いきなりフリースを脱ぎ出した峻王に侑希は驚いた。

「峻王？　おまえなにやって……」

あっという間にすべての衣類を脱ぎ去り、全裸になった峻王が、少し離れた場所に蹲《うずくま》るようにして身を丸める。小刻みに痙攣《けいれん》し始めた峻王に、侑希は彼がなにをしようとしているかを覚った。

（変身しようとしている？）

どうやら狼化して、侑希をあたためようとしてくれているらしい。

この十年間で、侑希が峻王の変身を目の当たりにした回数はそう多くなかった。月也も峻王も迅人も、よほどのことがない限り狼になることはない。人の多い東京で狼の姿になるのは、それだけリスクを伴うからだ。だが、少なくともここでは第三者に見られる心配はない。

稀少なメタモルフォーゼの過程に、侑希は息を呑んで見入った。

四つん這いの峻王の手の指が見る間に縮まっていき、筋肉質の体がみっしりと灰色の毛に覆われ始める。手の先から腕、胸、頭、胴、脚と変化の波が進み——ついにはそこに灰褐色《はいかっしょく》の毛並みを持つ大きな獣が姿を現した。

獣がぶるっと身を震わせた瞬間、ふわりと動物の匂いが漂う。

炯々《けいけい》と光る黄色い目、尖った貌、白くて鋭い牙、ピンと立った耳、長くまっすぐな四肢、ふさふさの尻尾。

狼となった恋人に、侑希は言葉もなく見惚れた。

何度見ても目を奪われる美しいフォルム。野性的でありながら気高い、その姿。

この姿こそ、峻王の真の姿なのだと、改めて思った。

出会った頃はまだどこかに稚気《ちき》が残る若い狼だった。

だが目の前の雄々しい姿には王者の風格すら漂う。狼の群れのボスをアルファと呼ぶらしいが、いまの峻王にはその称号が相応《ふさわ》しかった。

「グゥウ……」

唸り声を発して、狼が近づいてくる。目と目を合わせたまま侑希のすぐ側までやってきて、体を横向けた。

体を横向きにするのはグルーミングを求めているサインだ。侑希は手でそっと、少しごわごわした冬毛に触れた。何度か背中を撫でてから、首筋をぎゅっと抱き締める。灰褐色の体毛に覆われた、がっしりと筋肉質の体に顔を埋めた。

「……あったかい」

「……ウウ……」

狼が湿った鼻先を頬に押しつけてくる。やがて侑希の肩に前肢を置き、のしかかってきた。体重を掛けられて仰向けに押し倒される。その状態で首筋に鼻先を押しつけられ、匂いをクンクンと嗅がれた侑希は、首を縮めて笑った。

「峻王……くすぐったいよ」

大型犬がじゃれるみたいに顔や首をべろべろと舐め上げられ、こそばゆさのあまりに体を捻る。俯せになった侑希の背中に、狼が覆い被《かぶ》さってきた。ハァハァと荒い息が首筋にかかる。冷え切った首筋に熱い息をかけられ、ぞくっと鳥肌が立った。ざらりとした舌が耳の下のやわらかい部分をくすぐる。本気でくすぐったい。

「こら……峻王……だめだって」

半笑いで身悶《みもだ》えていた侑希は、ほどなくはっと身を強ばらせた。尻のあたりになにか硬いものを感じたからだ。尖った硬い塊を擦りつけるように押しつけられ、その正体に思い当たる。

(……う、そ)

狼――峻王は勃起していた。

びっくりしたが、よく考えてみれば、いまは繁殖期の真っ直中。しかも今夜は月齢十五日。吹雪で月は見えないが、その形は真円のはず。つまり発情期のピークだ。

狼の姿になったことで抑制が外れ、欲望が強まってしまうのも理解できた。理解はできたが。

フゥフゥと熱い息を吹きかけ、狼が硬く尖った性器を押しつけてくる。入りたそうに尻をつつかれ、鼻孔をくすぐる獣の匂いに煽られて、侑希の体もじわじわと熱を帯びてきた。獣臭に混じるフェロモンに、頭がぼぅっと霞《かす》んでくる。

相手は狼――獣だ。こんなのおかしい。いけないと理性の声が叫ぶ。

(……でも)

狼だけど、これは峻王だ。間違いなく、自分の恋人だ。生涯を誓った伴侶だ。

パートナーの発情に反応したとしてもおかしくはない。

そう――もう片方の自分が囁く。

「ウ……ウウ……」

もどかしげな唸り声を発した峻王が、尖った歯で侑希の耳を噛んだ。ちゃんと加減した甘噛みだったが、背筋にぴりっと震えが走る。

（……あ）

直後、下腹部が反応してしまったことに気がつき、カーッと全身が火照《ほて》った。

侑希の発情の匂いを嗅ぎ取ったらしい狼が、「フゥッ」と唸り、勃起をひときわ激しく擦りつけてくる。一方で、首筋や顔を舐め回してきた。

「た……峻王っ」

首を捻って狼のほうを振り返り、黄色い目と目が合う。

狂おしい「熱」を湛《たた》えたその目を見た利那、ドクンッと下腹部が疼いた。

もう……誤魔化《ごまか》せない。自分は欲情してしまっている。狼の峻王に。

おのれの欲望を認め、腹をくくった侑希は、狼の鼻先にちゅっとキスを落とし、「ちょっと待って。いったん退いてくれ」と話しかけた。

「ウゥ……」

言葉を発することはできなくとも意味はわかるので、狼が身を引く。体を起こした侑希は、まず帽子と手袋、そして眼鏡を取った。靴下と靴を脱ぎ、アウタージャケットとフリースの上下を脱ぐ。最後に下着を取り去り、全裸になった。

真っ裸なのに、内側から発熱しているせいか、不思議と寒くない。

侑希が衣類を取り去る間、じっとその様子を見つめていた狼が、全裸になったとたんに飛びかかってきた。抗う間もなく仰向けに押し倒される。侑希の胸に太い前肢を乗せた狼が、ぱたんっと立派な尻尾を打ちつけた。

尖った貌が、ぬっと近づいてきたかと思うと、侑希の唇をべろっと舐める。

「ひぁっ」

次に外気に晒《さら》されて硬く尖った乳首を、大きな舌で舐め上げられ「あぁっ」と声が出た。人間の時よりはるかに大きなその舌は、だが意外な器用さでもって侑希を翻弄する。

舌先でちろちろと嬲《なぶ》られた乳頭がじわっと充血した。みるみる凝《しこ》った乳首を、実に美味しそうに狼が舐める。岩肌に反響するぺちゃぺちゃという水音にも煽られた。

「んっ……ふ、んっ……」

喉から甘い吐息が漏れる。心臓が激しく鼓動を打ち、自分がひどく興奮しているのがわかった。

人間の峻王とは数限りなく抱き合ってきた。

だけどこれは、過去九年にない、十年目にして初めての行為だ。

気後れがまったくないといえば嘘になるけれど、黄色い瞳の中に「峻王」を感じることができるので、「怖い」とは思わなかった。

胸を舐めまわしていた狼が、少し体を下げ、今度は股間に顔を埋める。すでにエレクトしてしまっていた侑希の欲望を奥行きのある口の中に含んだ。

「……ぅっ」

人間ではあり得ない長さの舌が勃起にぐるんと巻きつく。尖った牙が敏感な場所を掠めるぴりっとした感覚に、ぞくぞくと背筋が震えた。ざらついた舌で裏筋をざりざり舐め上げられて腰がうねる。

陰嚢《いんのう》をしゃぶられ、双球をきつく吸い上げられれば、先端から蜜がとぷっと溢れた。

「あっ……ふ、……あっ」

新鮮な官能に嬌声《きょうせい》が零れるのを止められない。

たまらず侑希は手を伸ばし、狼の首の後ろ毛を摑んだ。そうやって毛に触れて、自分がいま抱き合っているのが紛れもなく「獣」なのだと実感する。

でも嫌じゃない。

むしろなぜいままで一度も、そうしようと思わなかったのか不思議だった。

もっと早く受け入れるべきだった。有《あ》りの侭《まま》の峻王を受け入れるべきだった。

快感に揺さぶられながら、そんなことをぼんやり考えていると、狼がしゃぶっていたペニスを離した。身を起こして前肢で侑希を転がす。ごろんと反転して俯せになった侑希は、狼の意図を察し、腰を持ち上げた。高く掲げた尻の狭間《はざま》に、狼が舌を這わせてくる。あたたかい唾液でぬるぬるに濡らされ、少しずつ窄《すぼ》まりが緩んでいくのを感じた。すると、それを見計らったかのように舌を差し込まれる。

「あっ……あっ」

押し広げるようにぐっ、ぐっと舌先をねじ込まれ、侑希は体の下に敷かれたアウタージャケットをぎゅっと摑んだ。剝き出しの尻に獣の忙しない息がかかる。狼も興奮しているのがわかった。

ほどなくしてぬるっと舌が出て行き、ほっと息を漏らした次の瞬間、灼熱の塊《かたまり》を押しつけられる。灼《や》けるような「熱」に後孔がヒクッとひくついた。

（……これって）

「ウゥッ……」

覚悟を促すように狼が唸る。

ごくっと喉を鳴らし、侑希は衝撃に備えて奥歯を噛み締めた。狼が、しっとりと濡れた先端を少し含ませてから、ぐぐっとねじ込んでくる。

「ひっ……アッ」

悲鳴が岩穴に響き渡った。

体を割られる鈍い痛みと、かつて経験のない圧迫感。いつも受け入れている峻王より、それはひとまわり以上大きかった。ぶわっと生理的な涙が盛り上がる。

「や……ちょ……む、り……」

反射的に逃げかけて、狼の前肢に阻まれた。

「ウゥ……」

狼の唸り声がなぜか哀願に聞こえ、侑希は涙で濡れた両目を瞬かせる。

そうだ。ここまで来て逃げるのは卑怯《ひきょう》だ。

有りの侭の峻王を受け入れると一度決めたのだから、その決意は貫き通すべき。

こうなったことは予想外の展開だが、もしかしたらこのことによって、自分たちはひとつステージを上がることができるのかもしれない。

十年目という区切りの年に、もう一段階深く結びつくことができるのかもしれない。

そんな予感を覚えた侑希は、大きく深呼吸をして、強ばっていた体の力を抜いた。きつく収縮していたそこも緩んだのだろう。途中で止まっていた欲望が、ずずっと前進してきた。その後も何度か停止と前進を繰り返し、最後は一気に貫かれる。

「く……は……あぁ」

まさしく動物の交尾の体勢で、侑希と狼は繋がっていた。

人間より長い欲望は、奥までみっちりと、まさに一ミリの隙もなく侑希の中を満たしている。

とても硬くて……熱い。

いままさに——有りの侭の峻王が自分の中にいるのだ。

ドクドクと脈打つ雄に体内を占拠されている息苦しさと、それを上回る充足感に、侑希は熱い吐息を零した。背後の狼もフーフーと荒い息を漏らす。

やがて狼が動き出した。はじめは小刻みな動きだった。様子を窺っているような、加減しているような緩やかな動き。

だがすぐにそういった気遣いは取り払われ、本能に突き動かされたような激しい抽挿《ちゅうそう》が始まった。

「あっ……あぁっ」

容赦のない抜き挿しに体が前後に揺れる。ねじ込むように突かれた場所から、ねっとりとした快楽が生まれるまで、さほど時間は要さなかった。

獣との交わりで感じる自分に戸惑いを覚えたのも一瞬、すぐに大きな快感の波に浚《さら》われ、有耶無耶《うやむや》になっていく。

気がつくと侑希は、狼の動きに合わせて腰を淫らに振っていた。体内の雄を間欠的《かんけつ》に引き絞る。

だんだんと獣の匂いが濃くなり、腹の中の雄も膨らんできた。もうこれ以上は無理、という最大限にまでに膨張したそれで、抉《えぐ》られ、掻き回されて嬌声が溢れ出る。

「……ひゃ……あっ……ぁんっ」

獣であっても峻王なので、侑希の弱いところを知り尽くしているのだ。奥の感じるポイントを重点的に責められると、ビリビリッと甘い痺れが脊髄を駆け抜ける。

「あーっ……あーっ」

背筋を弓なりに反らした侑希は、無意識にぎゅうっと体内の峻王を締めつけた。急激な収斂《しゅうれん》に狼が唸り、限界まで膨れ上がっていた雄を弾けさせる。ドンッと跳ねた欲望が、精液を撒き散らす。

「あ……」

自分の中が熱く濡れるのを感じながら、侑希は涙に濡れた両目を瞬かせた。

侑希自身はまだイケていない。言葉でのコミュニケーションがないので、タイミングがずれてしまった。

半ば呆然《ぼうぜん》としていると、背後からずるりと欲望が抜け、毛の感触が離れた。とたんに膝が崩れ、侑希はぺしゃっと頽《くずお》れる。しばらくは、体内から「熱」が消えた喪失感に、体の震えが収まらなかった。

「……はぁ……はぁ」

荒い呼吸に上下する肩に手がかかり、くるりと反転させられる。

上から覗き込んでくる美しい貌に、侑希は「え？」と両目を瞠《みは》った。

「峻王？」

狼の峻王ではなく、人間の峻王だ。

「おまえ……人間に戻ったのか？」

「ん。イッた反動で戻った」

説明した峻王がつと顔をしかめ、「ごめん」と謝る。

「なにがだ？」

「先にイッちゃって、ごめん……」

俺様らしくない悄然《しょうぜん》とした表情がおかしくて、侑希は笑った。

「……いいよ。いつもと勝手が違ったし……あっちの姿の時はコントロールが利かないしな」

手を伸ばし、宥めるように頬をぺちぺちと叩く。峻王がじわりと両目を細めた。

「ありがとう……うれしかった」

主語はなかったが、なにを言いたいのかはわかった。

狼の姿の自分を受け入れたことに対する、感謝の言葉だろう。

「俺にとってはどっちもおまえだ」

侑希の言葉に、今度は峻王が笑った。偽りのない本心だとわかったらしい。

「で、その礼って言っちゃなんだけどさ」

言うなり侑希の両膝を摑み、ぐいっと左右に割り開いた。

「わっ」

「あんたはまだイッてないだろう？」

返事をするまでもなく、勃ち上がったペニスを見れば一目瞭然だ。にっと唇の片端を上げた峻王が、自分が放った精液でぬるんでいる場所を指でつついた。

「ぬるぬる……すげぇ気持ちよさそう」

うっとりとつぶやき、達してなお硬さを失っていないものを宛がう。

「あっ……」

ぐちゅりと音を立てて先端がめり込んだ。侑希の目を見つめたまま、峻王がゆっくりと入ってくる。

熱い視線と猛々しい漲《みなぎ》りの両方に犯される感覚に、それだけで達してしまいそうに感じた。

「んっ……あぁ……」

剛直を根元まで受け入れた瞬間、パチュンという水音が響く。

「あんたの中……あったけえ」

艶めいた低音に、ぞくっと首筋が粟立った。

「……峻王」

ねだるように名を呼ぶと、唇が覆い被さってきた。すぐに口の中に入ってきた舌に舌を絡め、お互いの口腔内をまさぐり合いながら腰を蠢《うごめ》かす。

峻王の抉るような抜き差しに、侑希は呼吸を合わせた。突き入れられた雄をねっとりと包み込み、きゅうっと引き絞る。

「……たまんねえ……」

呻く男の首に両手を回し、腰に脚を絡めて引き寄せた。より密着した結合部で、峻王が小刻みに腰を動かし、ズクズクと突いてくる。性感帯を的確に刺激され、侑希は尻上がりに追い上げられた。

「たか……峻王っ……」

ぐっと腰を引いた峻王が、ズンッと押し込んでくる。一刺しごとに苛烈《かれつ》になる抽挿に押し上げられて、侑希は一気に絶頂への階段を駆け上った。

「ぅん、っく……んっ……イク……イクぅ……っ」

喉を大きく仰け反らせて達する。

ほぼ同時に峻王が二度目の精を放った。二度の射精を受け留めかねた結合部から、白濁がとぷりと溢れる。

「ふ……は……あ」

脱力した侑希をぎゅっと抱き締め、峻王が耳殻に吹き込んできた。

「愛してる……侑希」

何度聞いても自分を満たす睦言《むつごと》に微笑み、侑希も自分の気持ちを告げる。

「俺も……愛してる」

恋人の引き締まった肉体に包まれ、しばらく事後の甘い余韻に浸っていた侑希は、ふと違和感を覚えて岩穴の外に目をやった。

「あっ」

「なんだ?」

「雪……やんでる」

峻王も顔を捻り、「本当だ」とつぶやく。

いつの間にか吹雪は収まり、外から月明かりが差し込んでいた。煌々《こうこう》たる満月の光だ。

「吹雪も収まったし、そろそろ小屋に戻ろうか」

「そうだな。あんたを食ったら、今度は別の腹が減った」

峻王の返答に侑希はふふっと笑い、幸せな空腹感を抱えて「俺もだ」と返した。

Baby Rhapsody［賀門×迅人］

チリンと風鈴が鳴った。

開け放した窓から熱気を含んだぬるい風が入ってくる。もう一度チリンと風鈴が鳴って、迅人《はやと》はふっと目を覚ました。

「…………」

両目を瞬かせ、しばらくぼんやりと天井を見上げる。身じろごうとした瞬間に、右手からぽろっと団扇《うちわ》が転がり落ちた。

どうやら、昼寝をする子供たちに添い寝をして団扇で扇いでいるうちに、いつしかうたた寝をしてしまっていたらしい。夜泣きで何度も起きるので、慢性的な寝不足だった。

顔を横向けると、畳に敷かれた子供用の布団に、まるっとした赤ん坊が寝ている。ブルーとイエローのロンパースに包まれた双子の赤ん坊は、ぐっすりと寝入っていた。小さな手をぎゅっと握り締め、口を半開きにして眠る姿がなんとも愛らしい。

我が子のあどけない寝姿に、迅人は思わず、ふふっと笑った。

双子だが、見た目はそっくりとは言えない。生まれた時は狼の姿だったので、その差も毛色の違いくらいだったが、一ヶ月をかけて徐々に人間になると、外見の相違が出てきた。

ブルーの峻仁《たかひと》が、さらさらの黒髪で瞳も黒く、顔立ちがきりりとしている。イエローの希月《きづき》は蜂蜜《はちみつ》色の巻き毛で、目がくりっと大きく、ほっぺたがぷくぷくしていた。

みんなの評価では、峻仁が祖父の月也《つきや》似で、希月が母親似、つまり迅人似とのことだ。

いま生後四ヶ月なので、もう少し経《た》ったら造作がもっとしっかりしてきて、個性もはっきりしてくるのかもしれない。

いまはまだミルクを飲んで、ひたすら寝ているか泣いているか排泄しているかのいずれかだが、生後半年頃には離乳食に移行し、お座りができるようになるらしい。さらにハイハイをするようになり、ヨチヨチ歩きをするようになり、やがてカタコトの言葉を話すようになって……。

（なんだか信じられない）

今年の頭に妊娠が発覚するまで、男の自分が子供を産んで親になるなんて想像したこともなかった。それがいまでは、チビたちがいるのがあたりまえで、その存在がプライオリティの一位を占めるようになっている。親である自分や士朗《しろう》はもとより、子供たちの祖父の月也、大叔父の岩切《いわきり》、叔父の峻王《たかお》、峻王の連れ合いの立花《たちばな》と、本郷《ほんごう》の屋敷に同居する面々も、いまやすっかりチビが中心の生活だ。

泣く子も黙る強面《こわもて》の岩切ですらメロメロで、やれオモチャだベビー服だと、外出のたびにベビーショップを覗《のぞ》いてはお土産を買ってくる。感情をあまり表に出さない父の月也もさすがに孫はかわいいらしく、帰宅時はまずチビたちの顔を見に来る。峻王も案外に面倒見がよく、大学の授業とバイトがない日は子守りを買って出てくれるので助かる。立花に至っては、もうひとりの母親のようだ。

子育てビギナーの上にいっぺんにふたりの赤ん坊の面倒を見る必要に迫られ、産後しばらくの迅人はややテンパり気味だった。

双子の父である士朗はとてもよく協力してくれたが、やはり男親だから、きめ細やかなフォローは望めない。その点、立花の存在は頼りになった。

彼自身子育ての経験はないが、本来が勉強熱心なので、育児書をじっくり読み込み、迅人に的確なアドバイスをくれた。また、実の子供のように思ってくれているのがわかるので、迅人も安心して子供たちを任せることができた。育児ノイローゼにならずに済んだのは、立花の存在が大きい。彼には本当に心から感謝している。

今日までのことをあれやこれや思い起こしていると、中庭に面した廊下をギシギシと歩く音が聞こえ、障子に大きなシルエットが映り込んだ。そのシルエットとかすかな体臭で誰であるかを覚《し》り、「士朗」と呼びかける。浴衣姿の士朗が顔を覗かせ、「ただいま」と言った。

「お帰りなさい。どうだった？」

「スーパーにはなかったが、駅前のドラッグストアで買えた」

そう答えた士朗が、手に提げていたレジ袋の中から粉ミルクの缶を取り出す。

「このブランドでよかったんだよな？」

「うんそれ。いろいろ試したけどやっぱりそれが一番好きみたい。ありがとう、助かった」

迅人の体が元に戻るに従い母乳も終わったので、いまは粉ミルクで育てているが、なにしろふたり分なので消費が早い。先程もう一缶ストックがあると勘違いしていたことに気がつき、あわてて士朗におつかいを頼んだのだ。

和室に入ってくるなり畳に四つん這いになった士朗が、布団にころんころんと転がっている赤ん坊を上から覗き込む。

「よく寝てるなー」

しばらく目を細めて我が子の寝姿を眺めていたが、ついに我慢できないといった表情で手を伸ばし、希月のほっぺを指先でぷにゅっとつついた。

「あっ、だめ。起きちゃうよ」

つつかれた顔をくしゃりとしかめた希月が、案の定、次の瞬間ぱちっと目を開く。くりっと大きな茶色の目で、自分を覗き込んでいる父親を見上げた。

「キヅ、起っきしたか？」

父親の問いかけに、ふにゃあと笑う。士朗がさらに指であやすと、きゃっ、きゃっと声をあげて喜んだ。

その声で目を覚ましたのか、峻仁も首を左右に振って「あー、あー」と声を出す。

「んもー、せっかく寝てたのに。タカまで起きちゃったじゃないか」

迅人が文句を言うと、士朗はちょっと困ったふうに眉尻を下げつつも、「あんまり昼寝させると夜寝ないだろ？」と言い返した。

「そんなこと言って、チビたちと遊びたいだけじゃないの？」

「ママ、怖いなぁ。なぁ、キヅ、タカ」

一方的に赤ん坊と会話する「夫」を横目で睨《にら》み、迅人は横たえていた体を起こす。

「ミルク作ってくる。そろそろ欲しがるだろうから。チビたち見ててね」

「了解」

いまにも蕩《とろ》けそうな表情で赤ん坊を見つめる士朗にふっと苦笑を零《こぼ》し、迅人は和室をあとにした。

やっぱり誰より一番双子にメロメロなのは、パパかもしれない。


その夜。

チビたちにミルクを飲ませ、お風呂に入れて（これは主に士朗の仕事だ）、風呂上がりの肌にベビーローションを塗っておむつを替え——子守歌&添い寝でどうにか双子を寝かしつけた迅人は、そーっと足音を忍ばせて布団から離れた。抜き足差し足で続きの間との境目まで進み、襖《ふすま》を後ろ手にそろそろと閉める。

「寝たか？」

続きの間で晩酌《ばんしゃく》をしていた士朗が尋《たず》ねた。

「うん、なんとか」

迅人が答えると、「よし。じゃあこっち来い」と手を招く。ぺたぺたと裸足で近づいた迅人は、士朗の隣りにぺたんと腰を下ろした。

「疲れた～」

「お疲れ様」

そう労《ねぎら》って士朗が肩を揉んでくれる。抱っこで慢性的に肩が凝《こ》っているので、マッサージが心地いい。じわじわと体から余計な力が抜けていく……。

「気持ちいいか？」

「……うん……すごく」

うっとりと目を瞑《つむ》ってうなずいた。そうかそうかとうれしそうな声を出した士朗が、そのまま肩から二の腕に向かって手を滑り下ろす。浴衣の身八つ口《みやつぐち》からするっと手を入れ、指先で乳首に触れてきた。母乳をあげていた名残でまだ少し腫《は》れ気味のそれを摘《つま》まれて、びくんっと体が震える。「な、なに？」と狼狽《うろた》えた声を発した迅人の耳許に、士朗が囁いた。

「チビたちも寝たし、ここからは大人の時間だろ？」

「大人の……時間？」

「最近ご無沙汰だったからな。おまえも寂しかったんじゃないか？」

言われてみれば、もうずっと抱き合っていない。迅人がチビの世話で力尽き、寝オチしてしまうことが多いからだ。士朗も迅人の肉体的負担を慮《おもんぱか》り、夫婦生活よりも子育てを優先させていたんだろう。

「でも……チビが……」

「寝ついたばっかりだからしばらくは平気だろ？」

「う……ん、でも……」

「迅人……おまえが欲しい」

乳首を弄《いじ》りながら耳殻《じかく》に低く吹き込まれて、ぞくっと背筋が震えた。ひさしぶりに体が熱くなる感覚に身を委《ゆだ》ねていると、抱き寄せるようにしてくちづけられた。

「……んっ……ぅん」

自ら口を開き、熱い舌を誘い込む。すぐに舌を搦《から》め捕《と》られ、くちゅくちゅと濡れた音が鼓膜に響いた。くちづけが深まるにつれ、体もどんどん熱を帯びていく。

舌を絡ませ合ったまま、ゆっくりと畳に押し倒され、迅人は逞《たくま》しい首に両手を絡めた。士朗の手が迅人の浴衣の裾を割り、太股の間に忍び込んでくる。すでに昂《たかぶ》りはじめている欲望に熱い手が触れ、迅人はぴくっと身をおののかせて喉を反らした。

「……あ……しろ……」

「ぴぎゃーっ！」

まるでタイミングを窺《うかが》っていたかのような突然の泣き声に、ふたり同時にびくっと身じろいだ。隣の部屋から、ぷぎゃー、ほぎゃーとユニゾンで泣き声が聞こえてくる。

「……あー……」

「……起きちゃったね」

「しゃーねぇな。泣く子と地頭《じとう》にゃ勝てねえ」

苦笑いを浮かべて士朗が立ち上がり、迅人に手を差し伸べる。隣室の襖を開けた迅人と士朗は、真っ赤な顔で泣き叫んでいるチビを各々抱き上げた。

希月を抱っこした士朗が、「よしよし」とあやしながら迅人に囁く。

「寝ついたら、リベンジな」

こちらは峻仁をあやしていた迅人は、一向に引く気配のない体の火照りを持て余しつつ、こくりとうなずいた。

この二週間ばかり、イルミネーションが輝く街中のいたるところで、クリスマスソングを耳にするようになっていた。

特に今朝はラジオからエンドレスで流れてくる。それもそのはず、今日はクリスマスイブだ。

ラジオに合わせてオールデイズのクリスマスソングを口ずさみながら、迅人《はやと》はキッチンに立っていた。昼御飯のあと片づけを終えた現在《いま》、取りかかっているのは今夜のクリスマスディナーの仕込みだ。

少し離れた居間からは、子供たちのはしゃぐ甲高い声が聞こえてくる。チビたちも今日が特別な日であることはわかっているらしく、いつにもましてテンションが高い。

「パパァ！　キヅたかいたかいちてっ」

「タカもタカも！」

「わかったわかった。順番にな。ふたりでじゃんけんしなさい。勝ったほうが先だ」

とりなす士朗《しろう》の低音に続き、かわいらしい子供の声が響く。

「じゃんけん！」

「じゃんけんぽんっ」

「ぽんっ」

一回では勝負がつかなかったらしく、何度かやり直した末に「かったぁ！」と希月《きづき》が叫んだ。「ちぇー」と心から残念そうな声を出しているのは峻仁《たかひと》だ。

双子故に声も似ているが、それでもふたりの声を聞き間違えることはない。自分で産んで、二歳八ヶ月の今日まで育てた子供たちだ。

「キヅかったよ！」

「よしよし、タカも残念だったな。おまえはちょっとそこで座って待っていなさい」

ほどなく、「ほーら、高い高い！」という士朗の声と、「きゃーっ」という興奮した希月の悲鳴が聞こえてくる。士朗は背が高いから、自分の時とは違ってすごく「高い」はずだ。腕の力も強いので、スピードもきっと段違い。女の子なら怖いくらいかもしれないが、うちはふたりとも男の子だから、背が高くて体が大きいパパとの「遊び」が大好きなのだ。

親子の楽しそうな触れ合いを耳に、迅人は自然と頰を緩ませた。それと同時に感慨深い気持ちにもなる。

生まれた時は狼の姿で、むくむくのぬいぐるみみたいだったチビたちが、春には三歳。

おむつはまだ取れていないが、歩いたり走ったりは当然のことながら、いまやジャンプもスキップもできる。言葉だって、まだしゃべるのは幼児語で覚束ないものの、こちらの言うことはほとんど理解するようになった。ひたすら泣いてミルクを飲んで排泄するだけだった生き物から、日々目まぐるしく「人間」に近づいている実感がある。

（まぁ……正確には純粋な「人間」じゃないけど）

迅人自身、狼に変身する特殊な血を受け継ぐ人狼だ。そして子供たちは、そんな自分と、人間の士朗の間に生まれた。士朗を生涯においてただひとりの「つがいの相手」として愛した結果、迅人の体は女性化し、愛するひとの子供を身ごもったのだ。

双子の子供たちは、神宮寺《じんぐうじ》家の未来をも担う大切な宝物。

半獣である我が子を、その宿命に負けない強い子に育てたい。それが母親としての迅人の願いだ。

そしておそらくは、父親である士朗も同じ希望を抱いているはず――。

陽が暮れて夕食の時間になった。午後の時間のほとんどをかけて作った料理の数々を食卓に並べる。子守りを担当していた士朗も準備を手伝ってくれた。一週間前に本物のもみの木を買ってきて、ツリーの飾りつけをしてくれたのも士朗だ。本当は士朗のほうが料理も上手いし、なんでも手早い。でも今日だけは、迅人は自分で作りたかった。

双子が生まれて三度目のクリスマスイブ。一度目の時はそれこそまだ赤ん坊だったし、二度目の時は、双子たちの祖父の月也《つきや》や大叔父の岩切《いわきり》、叔父の峻王《たかお》、その恋人の立花《たちばな》と、屋敷の住人総勢八名で一緒にクリスマスを祝った。それはそれで賑《にぎ》やかで楽しかった。

しかし今夜は、月也と岩切は義理掛けで地方へ出ており、峻王と立花は外でデート——というわけで、三度目にして初の親子水入らずで過ごすイブだ。母親としてはりきらないわけにはいかなかった。

メニューは、チューリップチキンの唐揚げ、星形にんじん入りポテトサラダ、ほうれん草とツナ入りのキッシュ、そぼろと甘い炒り卵入りのチビおにぎり、輪切りにするとクマの顔が出てくる太巻き、そして自家製の苺のショートケーキ。

「しゅっごーい！　ごちそういっぱーい！」

「タカのすきなイチゴケーキ！」

三角帽子を被《かぶ》った子供たちが、ご馳走の山に目を輝かす。

「おー、美味《うま》そうだな。ママがんばったなぁ。なぁ、キヅ、タカ」

「マンマがんばったーっ」

「がんばったー」

父子に煽《おだ》てられ、迅人は若干照れつつも、子供たちのプレートにご馳走を取り分けた。

「ご馳走を作ってくれたママに感謝して。メリークリスマス」

士朗が音頭を取り、子供たちも「「めりーくりしゅましゅ」」と声を合わせる。

「じゃあ、食べようか」

「「いただきましゅ！」」

元気な声でハモるなり、チビたちはおにぎりや太巻きを手掴みで口の中に押し込んだ。たちまちホッペがぱんぱんに膨《ふく》れる。

「こら、ふたりともそんなにいっぺんに口の中に入れちゃだめだろ。ちゃんと噛んでから飲み込まなきゃ」

「キヅ、スプーンを使いなさい」

「あー、言わんこっちゃない。キヅ、喉詰まったのか？　ほら、水飲め！」

「タカ、ぼろぼろ零《こぼ》してる！」

食事時、ダイニングテーブルは戦場と化す。イブのディナーだからといってそれは変わらなかった。むしろ、たくさんのご馳走に興奮した子供たちのテンションがダダ上がりで、より大変なことになっている。

片時も目を離せない子供たちの世話を焼きながら、父と母は隙を見て自分たちの食欲を充《み》たした。せっかく作った料理を味わうような余裕はない。それでもチビたちの美味しそうな表情を見れば、すべての苦労が報われた気持ちになった。

大好きなショートケーキのクリームで口の周りをべとべとに汚した子供たちは、無事にデザートのケーキまで完食。

あと片づけの間子供たちを見てくれていた士朗が、居間に戻ってきた迅人に目配せをして、「ちょっと電話してくる」と言った。

「あ、うん、いってらっしゃい」

携帯を持って居間を出て行く士朗と入れ替わりに、迅人はチビふたりを両脇に抱えてソファに腰を下ろした。ソファの後ろでは士朗が飾りつけをしたツリーのイルミネーションがピカピカ点滅している。

「きょうってサンタさんのひだよね？」

タカが言い出した。

「そうだよ」

「シャンタさんうちにもくる？」

目をキラキラさせてキヅが訊く。食欲が充たされて、今度は物欲が発動したらしい。

「うちに来るかどうか、いまサンタさんは悩んでいるかもね。サンタさんはいい子のところにしか来ないから」

「キヅいいこだよ！」

「タカもタカも！」

ムキになってふたりが主張する。

「どうかなぁ。キヅはオモチャのお片づけしないし、タカは遊びに夢中になって夜なかなか寝ようとしないしなあ」

とたんに不安そうになるふたつの顔に、迅人は必死に笑いを噛み殺した。

「キヅちゃんとオモチャかたづけるの」

「タカいいこだからネンネするよ」

「じゃあ約束な。指切りげーんまん」

ちっちゃな小指二本といっぺんに指切りしていると、「メリークリスマス！」という高らかな声が聞こえてきた。ガラッと居間の引き戸を開けて、真っ赤な衣装に白い口髭のサンタクロースが入ってくる。声を作っているとはいえ、背格好などどう見ても父親なのだが、双子は気がつかない。

きゃーっと歓声をあげ、ソファから転がり落ちかけた。

「サンタさん、きたっ」

「きたーっ」

「いい子はどの子かな？」

「キヅ！　キヅ！」

「タカーっ」

サンタの足許にチビたちが駆け寄る。小さなふたつの頭にそれぞれ手を置いた士朗サンタが、「よーしよし、ふたりともいい子のようだからプレゼントをあげよう」と言った。

引き戸の向こうにいったん引き返し、わくわく顔で待つ子供たちのもとへ、両手で二台の三輪車を引いて戻ってくる。

「『しゃんりんしゃ!!』」

ふたりの興奮はピークで、もはや失禁寸前だ。双子が三輪車を欲しがっているのは、もちろんリサーチ済み。このところめきめき運動神経が発達してきたので、与えても大丈夫だと判断した。

このプレゼントは、月也、岩切、峻王と立花、そして自分たち両親が出し合って購入したものだ。ハンドル部分にリボンが結ばれた三輪車は、片方が黄色で、もう片方が青。キヅが黄色に飛びつき、タカが青に駆け寄る。赤ん坊時代からのそれぞれのテーマカラーなので迷いはなかった。

「部屋の中で乗っちゃだめだぞ。明日まで待って庭で乗りなさい。いいな?」

迅人が注意事項を言い含めたが、ふたりはもう三輪車に夢中で話を聞いていない。うっとりした表情でサドルに頬ずりせんばかりのチビたちを前に、迅人は士朗サンタと顔を見合わせた。

士朗の目が(気に入ったみたいでよかったな)と語りかけてくる。迅人は微笑んでうなずき、神様が自分たちにプレゼントしてくれたふたりの天使にふたたび目を向けた。


興奮しすぎて夜九時にはぐっすり寝入った双子の額にそれぞれキスをして、迅人は子供部屋の引き戸を閉めた。ダイニングでは、士朗がグラスにシャンパンを注いで待っていた。

「お疲れ。さて、ここからは大人の時間だ。メリークリスマス」

「お疲れ様。メリークリスマス」

シャンパングラスを掲げて乾杯し合う。喉を冷たい発泡アルコールが通っていく感覚が気持ちいい。

ふーっと息を吐くと、正面の士朗が目を細めた。

「今日はがんばったな。料理美味かった。かわいくできてたし」

「ほんと？」

うなずいた士朗が熱っぽい眼差《まなざ》しでじっと見つめてくるので、目許がほんのり赤くなる。

「士朗もサンタさん似合ってたよ」

「いつまで信じるのかわからんが、それまではがんばるよ」

「チビたちは、パパだってわかってもうれしいんじゃない？」

「そうかな？」

幸せそうに笑った士朗が、右手を伸ばして迅人の頬にやさしく触れた。

「できればサンタさんにも、プレゼントが欲しいね。大人が喜ぶやつ」

甘い声で囁かれ、ますます頬が熱くなる。「……いいよ」と小さく応じた迅人は、伴侶の手に手を重ね、そっと頬ずりした。

「だから俺にもご褒美《ほうび》のプレゼント……ちょうだい」

「もう桜も終わりか……」

近所のスーパーに買い出しに行った帰り道、道路脇に根を張る立派な桜の樹に、賀門迅人《がもんはやと》は思わず足を止めた。見るからに樹齢のいっていそうなその桜を見上げる。

つい一週間前に通りかかった際、一本桜はまさに満開の花を咲かせていた。三日前にここを歩いた時には、舞い落ちた桜の花びらで道路が薄ピンク色に染まっていた。

それが今日はもうあらかた花は散ってしまい、葉桜になっている。

実にあっけないというか儚《はかな》いというか……だからこそ美しいのかもしれないけれど。

毎年桜が散るこの時期になると、迅人は感慨深い心持ちになる。

五年前のちょうど今頃、男の身でありながら出産をし、双子の母親になったからだ。

(あれからもう五年が経ったのか)

改めて月日の流れの速さを嚙み締める。

この五年間、日に日に成長し、昨日できなかったことがもう今日はできるようになっている子供たちを後ろから追いかけるのに必死だった。

時に突飛《とっぴ》な行動に泣かされ、時におなかの皮がよじれるほどに笑わされ、時に瑞々《みずみず》しい感性に驚かされ——ほとんどの時間はその存在にほっこりと癒やされて……本当にあっという間の五年間だった。

生まれた直後はピーピー泣くことが仕事で、あとはミルクを飲んでいるか、排泄しているかだった双子も、明後日で五歳。

それぞれのキャラクターの違いも明確になってきた。

運動神経抜群で、やや天然、大胆でおおらかな兄・希月《きづき》。

知能が高く、早熟で、若干神経質なところがある弟・峻仁《たかひと》。

見かけも、双子とは思えないほどに違う。

明るい瞳とくるくるっとした栗色の巻き毛を持つ希月と、黒い瞳とさらさらの黒髪がトレードマークの峻仁。

身長や体格では希月のほうが勝っていて、言葉や情緒は峻仁のほうが発達している。

同じ日に生まれ、同じ遺伝子を持ち、同じ食事をさせ、同じ環境で育てても、個性にくっきり差異が出るのだから、子供って不思議だ。

一寸先が読めないからこそ、子育てはおもしろい。

まぁこんなふうに言えるのも、子供たちが言葉を達者に操るようになり、自分のことは大概自分でできるようになったからだ。

いまでももちろん、三食作って食べさせなければならないし、風呂だって着替えだって準備は保護者がすることになるが、なにをするにも誰かの補助が必要だった頃と比べると労力は雲泥《うんでい》の差だ。

保育園に通っていない彼らにふたりだけで留守番こそさせられないが、その点、神宮寺《じんぐうじ》家は大所帯なので子守りには事欠かない。

まず、父親の士朗《しろう》が在宅でトレーダーの仕事をしている。

迅人より十五歳年長の士朗は子煩悩《こぼんのう》で、しかも家事全般に万能のイクメンだ。

双子が大好きで、双子もお父さんが大好き。

士朗の他にも双子の祖父の月也《つきや》、大叔父に当たる岩切《いわきり》、叔父の峻王《たかお》、さらに峻王のパートナーの立花《たちばな》もいる。

大学生の峻王以外、みんな仕事を持っているが、それでも常時誰かしらは家にいるので、こんなふうに双子を置いて買い物に出ることもできる。

たとえ子育て中の親であっても、たまにはひとりになる時間は必要だ。

我が子をこよなく愛しているが、三百六十五日、二十四時間、母親でい続けることにまったくストレスを覚えないと言えば、それは嘘になる。

大人の夫はそれがわかっているので、折りを見ては「チビたちは俺が見ているから買い物に行ってこいよ」と言ってくれる。

そんな時はありがたく士朗に双子を任せて外に出る。

スーパーまでの道程を、わざと少し遠回りをしてゆっくりと歩くのだ。

そうして日々の忙しさに紛れて気がつかずにいた四季の移り変わりを、近所の庭先に咲いている花や道端の野草、川の水の色合いで感じ取る。

この散策を兼ねた買い物が、現在の迅人の、唯一のリフレッシュ方法だ。

今日も士朗が快く送り出してくれたので、スーパーでの買い物時間を含め、往復一時間半ほどの散歩を終えて戻ってきたところだ。

散歩の途中、春先の醍醐味《だいごみ》とも言える色とりどりの花に癒やされ、芽吹いたばかりの若葉の匂いをたっぷり吸い、桜の花びらがたゆたう川面《かわも》をぼんやりと眺めた。

ぽかぽか陽気に誘われてか、空き地に野良猫をたくさん見かけた。中には生後間もない子猫を連れている母猫もいて、双子が生まれた時のことを思い出した。

むくむくの産毛に包まれた狼の赤ん坊二匹がミーミー鳴いている姿は、たとえようもない愛らしさだった。家族全員がメロメロになり、抱っこの順番で争ったものだ。

その姿だったのは一ヶ月ほどで、徐々に人間の赤ん坊に変化したけれど、もちろんそっちの姿もめちゃめちゃかわいくて、みんなデレデレになった。

そういえばこの前、五年前に撮った動画を双子に見せたのだった。

『キヅとタカが生まれた時のムービーだよ』

『え〜。ぼくたちこんなにちっちゃかったの？』

キヅが大きな目をくるくる回して驚いた。

『これなら、にひきいっしょにだっこできるよ？』

自慢げなキヅの隣で、タカは興味深そうに、タブレットの中の自分たちに見入っていた。

『ぼくたち、生まれたときは狼の姿だったんだね。いつごろ人間になったの？　一ヶ月で？　ふーん……』

反応ひとつを取ってもふたりの個性が出ていておもしろい。

（………あ）

またいつの間にか双子のことを考えている。

リフレッシュと言いつつ、結局はなにを見ても子供たちに結びつけてしまう自分に、ふっと口許で微笑んだ。

「さて、帰ろう」

スーパーの袋を持ち直し、迅人はかわいい子供たちと最愛の夫が待つ我が家へと足を踏み出した。

「タカ、はやくはやく！」

駐車場に駐めたSUVからぴょんっと飛び降りた希月が振り返り、興奮した声で弟を呼ぶ。

「キヅ！　そこにいて！」

いまにも走り出しそうな息子を、迅人は大きな声で呼び止めた。

「動いちゃだめ！」

厳しく言いつけて、後部座席のチャイルドシートに大人しく座っている峻仁のシートベルトを外してやる。

「キヅ、こっちに戻ってこい」

ラゲッジスペースから荷物を出していた士朗に呼ばれた希月が、テテテッと駆け戻った。大きめのボストンバッグを肩にかけた士朗の脚の周囲をぐるぐると回転し、「おとうさん、はやくぅ」と訴える。もう一瞬も待てないといったその様子に相好《そうごう》を崩し、士朗は息子の巻き毛をくしゃっと撫でた。

「わかった、わかった。いま行くから」

希月の手を取って歩き出す。その長身の後ろを、トートバッグを肩に掛けた迅人も、峻仁の手を引いて歩き出した。双子たちは、背中に色違いの小さなリュックサックを背負っている。希月が黄色で、峻仁がブルー。赤ん坊の頃からのそれぞれのテーマカラーだ。

広大な屋外駐車場は、平日にもかかわらず八割方が埋まっていた。

みっしりと詰まった車と車の間を入場ゲートに向かって歩きながら、迅人は心の中で感嘆のつぶやきを零《こぼ》す。

（やっぱりすごい人気なんだな）

東京ドリームランド。

日本で一番有名なアミューズメントパークだ。デートスポットとしても有名で、おそらく大多数の日本人が一度は訪れたことがあるのではないかと思われるが、迅人自身は今日が初めてだった。

士朗と出会うまで恋人がおらず、デートをする機会に恵まれなかったせいかもしれない。

その士朗も「行ったことがない」とのこと。前職は、遊園地のイメージとはほど遠いやくざの組長だし、それもうなずける。

そんな――アミューズメントパークに縁がない迅人と士朗がどうしてドリームランドに足を踏み入れたのかと言えば、一にも二にも愛息たちのためだ。

今日は双子の誕生日。

五歳の誕生日を迎える彼らのために、士朗がドリームランド行きを計画してくれたのだ。

ひと月前にこの企画を明かされた時、迅人は子供たちの笑顔を思い浮かべてわくわくするのと同時に、少なからず不安を抱いた。

なにしろ双子はただの子供じゃない。特別な血を引く人狼だ。

今年の頭、北陸の雪山で初のフィールドワークを行った。やはり人狼である叔父の峻王と迅人、そして双子たちとで狼の姿になり、思う存分雪山を駆け回った。都会暮らしの子供たちは、自然について実地で学び、この合宿を経てぐんと成長したように思う。

そうは言っても、まだまだ変身能力のコントロールは不安定で、びっくりしたり興奮したりすると無意識に半獣化することがある。

それもあって、幼稚園や保育園に通わせることはできなかった。基本一年のほとんどを神宮寺の屋敷の中で過ごしている双子にとって、家族やお互いの存在が世界のすべてだ。

そんな双子たちを、いきなりそんなに大勢の人間で賑《にぎ》わう場所に連れて行ったらどうなるのか。

人がいなかった雪山とは話が違う。

不安な心情を迅人が訴えている間、士朗は異論を挟まずに黙って耳を傾けていた。そうして迅人が話し終わるのを待って、自分の考えを語り始めた。

『確かに、どんなに言い聞かせていても百パーセント大丈夫ってことはない』

『……うん』

『ただな、この前の雪山でも思ったんだが、不安だからといって安全な場所に閉じ込めておいても、子供たちは成長しない。いつまでも止まったままだ。多少のリスクを冒してでも、世界を見せてやらなきゃ視野の狭い子供になってしまう』

それは……迅人も懸念《けねん》していたことだった。

保護者として、ついつい守りの姿勢になってしまうが、それは果たして子供たちにとってプラスなのか。

『俺はゆくゆくはふたりを小学校に通わせたいと思っている。幼稚園と保育園は諦めたが、社会性を培《つちか》うためには、他者との交流が必要不可欠だ。いまは周りに物わかりのいい大人しかいない。それだと本当の意味でのコミュニケーション能力が身につかない。子供だけの世界で過ごし、喧嘩《けんか》したり、仲直りしたり、助け合ったりしながら、少しずつ情緒が育っていくものじゃないかと思う』

ふたりを小学校に通わせたい、というのは迅人にとっても大きな希望だ。

小学校に籍だけを置いて自宅で学習する「ホーム・スクーリング」という道があることも知っている。

でも、できれば集団生活を経験して欲しい。

自分も峻王も小学校から学校に通った。

学校にはいろんな生徒がいて、子供の目からすると理不尽なこともいっぱいあった。だけどそういった理不尽にぶつかった時、自分なりに対処法を考え、自分の力で解決して、人間的に成長できた実感があるからだ。

迅人が自らの子供時代を振り返っていると、士朗が無精髭の浮いた顎《あご》をざらりと撫でた。

『とまぁいろいろと思うところはあるが、単純にあいつらの無邪気な笑顔を見たいっていうのが一番の動機だな。親として誕生日に最高の思い出を作ってやりたい』

『うん』

その意見にはふたつ返事で賛同する。ドリームランドではしゃぐふたりの姿を見たい。

だが、ことは賀門家だけでなく、一族に関わる問題だ。いくら士朗と自分が連れて行きたいと思っても、家長に駄目出しされる可能性もあった。

結局ふたりでは結論が出ず、双子の祖父で家長の月也の判断を仰いだ。

『おまえたち両親がしっかりとふたりから目を離さず、いざという際にもきちんと対処して護《まも》ることができるならば、行ってくれればいい』

条件付きではあったが、月也に承諾をもらえて、迅人も腹が据わった。

五歳の誕生日に一番いい笑顔をプレゼントしよう、と。

月也からの承諾を得られ、計画が本決まりになったので、士朗がドリームランド内のホテルに部屋を取ってくれた。一泊すれば翌日もランドで遊べる。

もっとも、これは双子たちが言いつけどおりにちゃんといい子にできた場合で、トラブルやハプニングが起きた際はホテルをキャンセルしてすぐに帰宅するなどの対応も事前に話し合った。

双子には三日前にドリームランド行きを話したが、案の定ふたりともそれだけで興奮してしまい、前日にあたる昨夜もなかなか寝つかなくて大変だった。

(……いよいよだ)

ドリームランドのゲートの前で足を止めた迅人と士朗は、子供たちと向き合った。屈み込んでそれぞれと目を合わせ、最後の念押しをする。

「いいか？　ランドの中に入ったら見たこともないようなたくさんの子供がいる。大人もいる。いろんな楽しいアトラクションがある。楽しむのはいいけれど、興奮して耳や尻尾を出すのはだめだ」

迅人が言って聞かせると、峻仁がこくっとうなずく。

「わかってる。知らない人の前で変身しちゃだめなんでしょう？」

念のために、ふたりにはフード付きの色違いパーカを着せてあった。いざという時、すかさず耳を隠すためだ。尻尾はズボンで防げるが、耳はそうはいかない。

「もし変身したら、すぐに家に帰らなくちゃいけなくなる。泊まりもなしだ」

隣で言い聞かせる士朗の言葉に、希月が「そんなのやだ！」と首を横に振った。

「だろう？　お父さんもそれは嫌だ。だから絶対に約束は守ってくれ。いいな？」

希月がこくっと首を縦に振り、「やくそく！」と叫んで小指を突き出す。

笑って小さな指と指切りをした士朗が、そのまま希月の手を握った。

「よし、じゃあ夢の国へ出発だ」


さすがは日本最大のアミューズメントパーク。夢の国——ドリームランド。

迅人が子供の頃に行った遊園地とはスケールが違う。その広大さ、そして人の多さに圧倒された。

大きな丸い花壇から七色の噴水が噴き上がり、人工の川には船が浮かんでいる。遠くに洋風のお城が見える。岩山やジャングルも見える。

テレビや映画で聞き覚えのあるテーマ音楽に紛れ、至るところから子供たちの弾けた笑い声が聞こえてきた。

賀門家の双子も、入ってしばらくはぽかーんと口を開けて人波を眺めていたが、そのうちにみるみる顔が紅潮してきた。

おとぎの国に紛れ込んだようなメルヘンチックな建物、カラフルで楽しげな遊具、おなじみのキャラクターグッズ——見るもの触れるもの、すべてが興奮材料らしく、ふたりとも目がキラキラ輝いている。

「すっごい！」

「すごい！」

すごいを連発し、ぴょんぴょん跳ねるふたりに、迅人と賀門は顔を見合わせて笑った。

「おかあさん、人がいっぱいだね」

峻仁がクイクイと手を引っ張った。下を向くと黒目が艶々と光っている。迅人でさえ場の高揚《こうよう》した空気に煽《あお》られて、普段よりテンションが上がっているのが自分でわかるくらいだ。好奇心旺盛な峻仁は、さぞや知識欲を刺激されていることだろう。

「あのしわしわの人はなに？」

「お年寄りだよ。おじいちゃんとおばあちゃん」

「月也ジイジは、しわしわじゃないよ？」

峻仁が小首を傾げた。

「うん……そうだな。でも普通の人間は年を取って、顔や手に皺《しわ》ができるんだ。髪も白くなる」

「……ふーん」

相槌《あいづち》を打った峻仁が道行く人をじっと見つめる。その興味津々な眼差《まなざ》しは、このチャンスに人間を観察しようと決めたかのようだ。

「さて、まずは簡単に説明しようか」

事前にガイドブックで予習してきた士朗が、ざっくり説明してくれたところによると、ドリームランドの中は七つのテーマパークに分かれているらしい。

その七つのテーマパークの中に、テーマに添ったスピード系のアトラクション、スリリングなライド系アトラクション、冒険に満ちたミステリーゾーン、ファンタスティックなアトラクション、大型シアターなどがぎっしり詰まっている。トータルで百を超すというから驚きだ。

「で、どこから攻める？」

士朗の問いかけに希月がハイハイッと元気よく手を挙げ、「『キョウリュウ・クルーズ』!!」と叫んだ。

『キョウリュウ・クルーズ』の元になっているのは、恐竜がモチーフの、希月も峻仁も大好きなアニメだ。二年前からふたりはキョウリュウシリーズのトリコで、ジイジやオッジに買ってもらったオモチャをたくさん持っている。

アニメを観ている間はふたりとも比較的大人しくしてくれるので、いまよりもっと手がかかった時期には、DVDを仕掛けておいてから自分の用事を済ませたものだ。

希月の要望を受け、士朗が峻仁に確認する。

「タカもそれでいいか？」

峻仁がこくんとうなずいた。

「よし、じゃあ、そっち方向へ向かおう」

四人で『キョウリュウ・クルーズ』のアトラクション会場へ向かいながら、迅人は士朗に意見を求める。

「ライド系アトラクション、大丈夫かな？　刺激が強すぎない？」

「『キョウリュウ・クルーズ』はずっと乗りたかったみたいだし、ここまで来てライド系はだめとも言えないだろう。きちんと言い聞かせれば大丈夫だよ」

「うん……そうだね」

せっかく来たんだから、なるべく制約はつけずに希望するアトラクションで遊ばせてあげたい。

それに、ここで我慢できたらこの先も安心だ。今後を占う試金石となる。

アトラクション会場までの道中も、美味しそうなアイスクリームやクレープ、キャラクター風船を売るワゴン、自動車のオブジェ、キャラクターの絵が描かれたトレーラー、ポップコーンブティックなどなど、数々の誘惑が行く手を阻《はば》む。いちいち双子が立ち止まってはじっと動かなくなるので、移動だけで一苦労だった。

「ほらタカ、早く行かないとクルーズいっぱいになっちゃうよ」

「キヅ、行くぞ！　いまポップコーン食べたらお昼ごはんが食べられなくなっちゃうだろ。あとで買ってやるから」

ガン見して動かない子供の手をグイグイと引っ張り、宥《なだ》め賺《すか》し、少しずつ移動する。待ち時間も考えると、これじゃあとても一日で回り切れない。一泊にしてよかったとつくづく思った。

やっと辿り着いた『キョウリュウ・クルーズ』はどうやら人気アトラクションらしく、一時間待ちだった。すでに親子連れやカップルが、ずらりと長い列を作っている。迅人たちも最後尾に並んだ。

「あっ、チュッピーだ！」

ほどなくして突然、峻仁が大きな声を出す。

「チュッピーだっ！」

続けて希月も大声を出した。見れば、ドリームランドの代名詞とも言える一番人気のネズミのキャラクターが、手を振りながら歩いている。

「「チュッピー!!」」

着ぐるみに突進しようとする双子を、迅人と士朗はあわてて羽交《はが》い締《じ》めにした。

「はなして～チュッピーいっちゃうよぉ」

「行っちゃう！」

「こらこら、暴れるな」

「追いかけちゃだめ！」

隙あらば拘束を振り解こうとするふたりを懸命に押さえつける。チュッピーが立ち去り、双子はがっくりと肩を落とした。

「あーあ……行っちゃった」

「いっちゃったぁ」

「あとで父さんが捕まえて一緒に写真を撮ってやるから」

「……チュッピーとあくしゅしたかったよぅ」

口を尖らせてむくれていた希月が、急に股間を押さえてもじもじし出す。

「おとうさん、おしっこ」

「ぼくも……」

ひとりが尿意をもよおすと、もう片方ももよおすのはお約束の「双子あるある」。

「士朗、俺が並んでるから、ふたりをトイレに連れてって」

「わかった」

士朗がふたりをトイレに連れて行き、戻ってきてからはしりとり遊びやなぞなぞを出したりして、なんとか時間を潰す。そうこうしているうちに、漸《ようや》く順番がやってきた。

スタンバイエントランスを進んで岩山の中に入り、岩石でできた六人乗りのボートに乗る。前列から士朗と希月、迅人と峻仁、最後列は若いカップルだ。

この時点ですでに双子の昂《たかぶ》りはかなりのところまできていた。なにしろライド系のアトラクションは初体験。それも大好きなキョウリュウシリーズのアトラクションときている。

峻仁の紅潮した顔を見て、迅人は「わかってるね、タカ。変身はだめだよ」と念を押した。峻仁がこくりと首を縦に振る。

ぶるっと武者震いする希月には、士朗が「キヅ、我慢だぞ、我慢」と釘を刺した。

「わかってるよぅ！」

希月が頭のてっぺんから声を出す。

（……大丈夫かな？）

一抹《いちまつ》の不安を覚えている間に、ボートがいよいよ動き出した。

「ふたりともちゃんとレバーに摑まっていろよ」

「うごいたっ」

「動いた！」

ボートは岩山の中に敷かれたレールを滑っていく。しばらく真っ暗なトンネルを進んでいたが、不意に視界が開けた。岩山から外に出たのだ。

「わーっっ」

「すっごーい！」

数千万年前の恐竜の時代に一気にタイムスリップ。熱帯雨林の木々が生い茂り、水がすごい勢いで流れ落ちる滝が見える。金網で覆われた上空を翼竜が飛び回る。映画のジュラシックパークの世界だ。水辺や岩山、シダの葉陰に大小様々な恐竜の姿が見えた。ボートは水の中をゆっくりと進み、恐竜に接近していく。

「ステゴサウルスだ！」

「トリケラトプス！」

「ブラキオサウルス！」

「スピノサウルス！」

双子が指を差して口々に叫んだ。

もちろん作り物なのだが、すごくよくできていて動きも自然だ。そして恐竜の名前を淀みなく発音する子供たちの記憶力に感心する。さすが日々図鑑とアニメを繰り返し見ているだけのことはある。

「すごいな。おまえたち、よく知ってるな」

士朗も感じ入った声を出していた。

途中でボートが激しく揺れたり、水の中からザバァッと恐竜が顔を出したりするたびに、双子と背後のカップルの女性が「きゃーっ」と悲鳴をあげる。

その都度《つど》、迅人は不安になって双子をチェックしたが、いまのところ制御できているようだ。

（よしよし、耳は出していない）

ほっと胸を撫で下ろした時、ボートがふたたび岩山の中に入った。暗闇にポツポツと明かりが見え、小型恐竜のシルエットが浮かび上がる。恐竜の鳴き声がギャギャッと不穏に響く。だんだん不気味なムードになってきた。双子たちも不安そうな顔をしている。

と、ボートが登っていった急勾配の先に、突如巨大な恐竜が現れた。

「「ティラノサウルス!!」」

双子が同時に叫ぶ。

言わずと知れた巨大肉食恐竜だ。体と不釣り合いなくらいに短い前肢。裂けた大きな口をクワッと開くと、尖った歯が無数に並んでいるのが見えた。

「グァオオオッ」

地響きのような唸《うな》り声。

「「ぎゃあああっ」」

キヅタカがユニゾンで雄叫《おたけ》びをあげた。

このまま進めば前方に立ちはだかるティラノの口の中だ。双子が両手で頭を抱え込む。

「たべられちゃう~たすけてぇっ……おとうさーん!」

「おかあさーん!」

あわやティラノにやられる! という寸前でボートが急降下した。ものすごい勢いでレールを滑り落ちるボートに双子が悲鳴をあげる。

「「ぴゃあああっ」」

ざっぱーん!!

水面に落下したボートが盛大に水飛沫《みずしぶき》を上げた。ボートの先頭のシールドがなければ、全員びしょ濡れになっているところだ。

落下の瞬間、反射的に顔を伏せていた迅人は、ふぅっと息を吐いて顔を上げた。

「タカ、だいじょう……」

隣の息子を見て息を呑む。艶々の黒髪からケモ耳がふたつ、ぴょこんと飛び出ている。おしりも尻尾でもっこりだ。

「タカッ」

あわてて峻仁を胸の中に抱え込み、フードを被《かぶ》せて耳を隠す。

「キヅッ」

焦《あせ》った声が聞こえ、顔を向けるとちょうど士朗が希月にフードを被せたところだった。こっちも耳ぴょこだったらしい。

応急措置を済ませてから、そぅっと背後を窺《うかが》ったが、カップルは「びっくりしたね〜」などと興奮の面持ちで話をしていて、こちらの異変には気がついていないようだ。というか、はじめからお互いしか見ていない。

（よ、よかった……）

安堵《あんど》した迅人に、峻仁が半ベソ顔で「お母さん、ごめんなさい」と謝る。

「びっくりして……気がついたら出てた」

「いや……いまのはしょうがないよ。お母さんもびっくりしたし」

「ああ、お父さんも驚いた。あれは不意打ちだよなぁ」

士朗がフォローの言葉を口にして、希月と峻仁のフードの頭にぽんと手を置いた。

「でもこれで慣れたから、次からは大丈夫だろう？」

父の問いかけに、しょんぼりしていた双子が一転して元気よく「うん！」とうなずく。

約束を破ったから、ドリームランドはもう終わりかと思ったのだろう。ふたつの顔には、ほっとした表情が浮かんでいる。

迅人は士朗に目で確認を取った。

（最初の一回はテストってことでノーカンだよね？）

（誰にも見られなかったしな）

夫夫《ふうふ》間で合意を得て、うなずき合う。

次からスリル系アトラクションに乗る際は、予《あらかじ》めフードを被せておこう。

四人でボートを降りると、士朗が子供たちの肩にそれぞれ手を置いて訊《き》いた。

「さあ、次はなににする？」


『キョウリュウ・クルーズ』を手始めに、一家は数々のアドベンチャーを楽しんだ。

双子たちは一回目でコツを摑んだのか、その後は変身してしまうこともなく、無事に一日目の夕刻を迎えた。

陽がじりじりと沈み、あたりが夕陽に染まり始めると、パレードに備えて場所取り合戦が始まる。

メイン広場のそこかしこで、父親やカップルの彼氏と思《おぼ》しき男性がレジャーシートを敷き始めた。

「いまならまだ前方の場所を確保できる。俺が場所取りをしておくから、おまえたちは時間までお母さんと遊んでおいで」

士朗が場所押さえのためにメイン広場に残り、パレードが始まるまでの一時間は、迅人がひとりで双子を引率することになった。

一時間後、３Ｄ映像を使ったライドアトラクションを堪能《たんのう》して外に出た頃には、もうあたりはすっかり闇に包まれていた。

「そろそろパレードが始まるから、お父さんのところに行こう」

両手で双子の手を握り、メイン広場に戻る。パレードの通過ルートの前には、ぎっしりと何重もの人垣ができていた。

「うわ、すごい人だ。キヅもタカも、迷子になっちゃうから絶対手を離さないようにな」

はぐれないようにしっかりと双子と手を繋ぎ、人混みを掻き分け、目印の街灯を目指して進んだ。

ほどなく、たくさんの人の頭から、わかりやすくひとつ抜き出た長身を見つける。

「いた！　士朗！」

迅人の呼びかけに士朗が振り返り、「こっちだ」というふうに手を挙げた。双子を引っ張って士朗までじりじりと距離を詰める。

「おとうさん！」

「お父さん！」

ふたりが同時に父親の脚に飛びついた。

「おー、どうだった？　楽しかったか？」

双子が元気よく「うんっ」と答える。その様子に目を細めた士朗が、次に迅人を見て「引率お疲れ」と労《ねぎら》った。

「士朗こそ、場所取りお疲れ様」

「俺はここに突っ立ってただけだからな」

笑ってそう答えてから「時間までシートに座って待とう」と促す。

最前列のシートに四人で腰を下ろし、パレードのスタートを待った。双子は待ち切れないのと興奮とで、立ったり座ったりしていたかと思うと、ネズミのフォルムのLEDライトを振り回したりと、ひと時もじっとしていない。落ち着きなさいと言っても無駄なので、士朗も迅人も諦めモードだ。

「そろそろか」

士朗がスマートフォンで確認した直後、ドリームランドのテーマ音楽が聞こえ始めた。しばらくして、漆黒の夜空にパーンッと大輪の花が咲く。

「はなびーっ」

「きれい！」

双子が歓声をあげた。花火を見るのは初めてではないが、何度見てもテンションが上がるようだ。

「始まったな。よし、順番に抱っこしてやるからおいで」

「やたっ」

先に希月が士朗の胸のあたりまで抱き上げてもらう。

「ひゃ〜、たかいっ、たかいっ」

甲高い希月の声を耳に、迅人は峻仁をおんぶした。お父さんの高さには敵《かな》わないが、いくらかはマシなはずだ。

「お母さん、花火きれい……」

「うん、綺麗《きれい》だな」

親子で音楽と花火の競演にうっとり見惚れる。

花火のパフォーマンスは五分ほどで終わり、いよいよパレードが始まった。

数十万個の電飾で飾られたフロートが、オーケストラ演奏に合わせて、ゆっくりと目の前を通り過ぎていく。ピカピカと光るキャラクターたちに双子は大喜びで、手に持ったＬＥＤライトをぶんぶん振り回した。

「すごーい！」

「きれーい！」

花の妖精が七色に変化したり、ドラゴンの口から煙が出たりと、パレードは大人の目から見ても見応えがあった。

パレード終了後、人波が一斉に散る。三々五々にばらけた人混みの中を歩き出しながら、迅人は子供たちに話しかけた。

「綺麗だったね。お父さんが場所取りしてくれたから、すごく近くで見られたし」

「ぴかぴかしてた〜」

「きれいだった！」

キヅもタカも瞳をキラキラさせて賛同する。このパレードを双子に見せるのが、迅人と士朗の念願だったので、子供たちが満足してくれたようでうれしかった。

「パレードを見たら腹が減ったな。そろそろレストランの予約の時間だ」

士朗のつぶやきに素早く反応した双子が、今度は「ゴハン！」「ごはん！」と連呼し出す。

事前に予約しておいたレストランに入り、子供たちにはネズミ型のプレートに入ったお子様ランチを注文した。ここのお子様ランチは、ハンバーグやおにぎりまでネズミのフォルムという徹底ぶりだ。スプーンを握ったふたりは旺盛な食欲を見せた。いっぱい遊んで園内を走り回ったのでおなかが空いたんだろう。

ふたりが食べ終わった頃合いを見計らい、デザートのケーキが運ばれてくる。

「「チュッピー!?」」

ふたりが目をまん丸くして椅子から身を乗り出した。ケーキを運んできたのが着ぐるみのチュッピーだったからだ。苺《いちご》の載った丸いホールケーキには、1から5までの数字を象《かたど》ったロウソクが立っている。

「ハッピバースデーツーユー♪　ハッピバースデーツーユー♪　ハッピバースデー・ディア・キヅキ＆タカヒト〜♪　ハッピバースデーツーユー♪」

チュッピーの背後に付き添ったウェイトレス二名が見事なハモりで歌い上げ、双子の前にケーキを置いた。

「キヅ、タカ、ロウソクの火を吹き消して」

士朗の促しに、ふたりが同時に息を吸い込み、ふーっと吐く。五本のロウソクの火が見事に消えた。

チュッピー、ウェイトレス、そして士朗と迅人が一斉にパチパチと拍手をする。隣のテーブルの親子連れも一緒に拍手してくれた。

「キヅ、タカ、誕生日おめでとう！」

「おめでとう！」

みんなからの祝福を受けて、双子たちは顔を真っ赤にして照れている。

その後はチュッピーとの握手という念願を果たし、家族四人とチュッピーとで記念撮影もし、さらにふたりとも顔をクリームだらけにしてケーキを頬張った。

（よかった。本当にうれしそうだ）

総じてすごくいい誕生日になった。

企画してくれた士朗と成功を祝して乾杯したいところだったが、生憎《あいにく》とこのレストランはアルコール禁止。

大人の打ち上げはホテルにチェックインして、子供たちが寝たあとだ。


「わ〜、チュッピーがいっぱい！」

希月が弾けた声を出す。

「チュッピーのお部屋だ！」

峻仁も目を輝かせた。

士朗が子供たちのために予約した部屋は、ドリームランド内にあるホテルの『チュッピーズ・プレミアム・スイート』だった。ホテルの中でも一室だけの特別なスイートルームで、眺めのいい最上階に位置する。

ベッドカバーや壁紙、天井、絨毯《じゅうたん》、窓ガラス、至るところにチュッピーモチーフがあしらわれており、赤と黒と黄色というチュッピーカラーで色味も統一されている。アメニティも全部チュッピーのイラスト付きだ。

ホテルの予約は士朗任せだったし、どの部屋かまでは聞かされていなかったので迅人も驚いた。

「すごいね。高価《たか》かったんじゃない？」

こっそり訊くと、士朗が「ふたり分の誕生日だからな。少し奮発した」と片目を瞑《つむ》る。

「士朗……ありがとう」

胸がじわりとぬくもるのを感じながら、迅人は心からの感謝を告げた。

高価い部屋だからいいというわけじゃない。四人で一緒に泊まれば、きゅうきゅうに狭い部屋だってきっと楽しい。それでも今日一日を振り返ると、子供たちを目一杯喜ばせたいという士朗の気持ちが伝わってきて、礼を言わずにはいられなかったのだ。

士朗がふっと唇で微笑む。迅人の頭に大きな手を置き、やさしく髪を掻き混ぜた。

「父親として、子供たちにできる限りのことをしてやりたいんだ」

「……うん」

養護施設で育った士朗は親の顔を知らない。肉親の愛を知らないからこそ、自分の子供たちには最大限の愛情を注ごうとしているのかもしれない。

「おとうさん！」

「お父さん！」

ひととおりの室内探検を終えた双子が駆け寄ってきて、父親の左右の脚にどん、どんっと飛びついた。どうやらその揺るぎない安定感が心地いいらしく、双子はよく士朗の脚にしがみつく。

大きなお父さんにコアラよろしくしがみつく双子というビジュアルは、迅人を幸せな気分にさせる。

両手でふたりの頭を撫でた士朗が、「おまえたち、今日は変身を我慢して偉かったな」と誉めた。

大好きな父親に誉められた双子が、身をくねらせて「えへへ」と喜ぶ。小さなふたつの頭を、愛おしくてたまらないといった表情でくしゃくしゃと掻き混ぜていた士朗が、不意に「そうだ！」と声を出した。

「いいことを思いついたぞ」

「いいこと？」

迅人が聞き返すと、「誕生日の記念写真を撮ろう」と言い出す。

「記念写真はレストランでチュッピーと撮ったじゃない」

「あれもまぁ記念にはなるが、どうせなら、我が家ならではのとっておきの写真がいい」

「我が家ならでは？」

「ランド内にネズミの耳のカチューシャをしている子供がたくさんいただろ？」

「あー……うん」

ネズミの耳のカチューシャはドリームランドの定番グッズだ。子供だけでなく、耳カチューシャを装着している若い女の子やカップルにもたくさん遭遇した。

「わざわざアレをつけなくても、うちの子供たちは自前で耳が出せる」

自慢げに主張されて、迅人はぷっと噴き出した。

「そりゃそうだけど……」

「せっかくだから迅人、おまえも耳を出せよ。三人一緒の写真を撮ってやるから」

ほらほらと士朗に促され、迅人が「えー……」と躊躇《ためら》っているうちに、双子は「わーい！」と喜んで、ぴょこぴょことケモ耳を出した。いつもは「絶対に出しちゃだめ」と厳しく言われているので、解放感があるらしい。

「ほら、早く」

急《せ》かされた迅人は、渋々と半獣化した。完全なる変身とは異なり、半獣化はなんとなく気恥ずかしいのだ。子供の耳ぴょこはかわいいからいいけれど。

「おかあさんもみみ～」

めずらしい迅人のケモ耳に、希月がうれしそうな声を出す。峻仁も「お揃い！」とうれしそうだ。

「うんうん、三人ともかわいい」

満足げに顔を緩ませた士朗が、「そこの壁の前に三人で立ってみてくれ」と指示する。

言われたとおりにチュッピーの絵が描かれた壁の前に三人で立った。迅人が真ん中に立ち、双子を両脇に抱える。

デジカメを構えた士朗が「変な顔して」だの「かわいい顔」「にっこり」「お澄まし」だの、次から次へとリクエストを出し、子供たちはお互いの変顔を見て笑い転げたり、お気に入りアニメの変身ポーズを取ったりと大はしゃぎだ。

その様子を見ていた迅人も自然と笑顔になる。

カメラマンの士朗も上機嫌な声で「よーし」と言った。

「最後に三人とも一番いい笑顔でとっておきの一枚を撮るぞ。――はい、チーズ」

「……寝たか？」

ヘッドボードにチュッピーのイラストが描かれたベッドに、ふたりで抱き合うようにして眠る双子を覗き込む迅人の背後から、士朗がひそめた声で囁く。

「寝た寝た。ぐっすり寝てる」

風呂を使って出てきたばかりの士朗に、迅人も小声で返した。

写真撮影会のあと、迅人が双子と一緒に風呂に入った。士朗とふたりで手分けをして、髪を乾かし、歯を磨かせ、パジャマを着させてベッドに入れた。

「まだねむくない～」

「眠たくない」

と駄々をこねていたふたりだったが（楽しい一日が終わってしまうのが嫌なんだろう）、迅人が添い寝をして十分もしないうちにこてっと眠りについた。それだけ遊び疲れていたのだと思う。なにしろ「初めての体験」のオンパレードだ。

耳つき天使×2の寝顔を夫夫でしばらく眺めたのちに、ベッドからそっと離れる。ふたりでベッドルームを出て、ドアを閉めた。

リビングスペースのソファに腰を下ろすと、士朗がバーカウンターの冷蔵庫からミニシャンパンとグラスを二個持ってきてくれた。迅人の隣に腰掛け、シャンパンの栓を抜いてグラスに注ぐ。ふたりでそれぞれのグラスを手に向き合った。

「なんとか無事に一日目を乗り切ったな。お疲れ」

士朗の労いの言葉に、迅人も「お疲れ様」と返す。ふたりとも風呂を使ったのでバスローブ姿だ。士朗はまだ髪が濡れている。

シャンパンを一口含み、迅人はふーっと息を吐いた。

「はー……大変だったけど楽しかったね。『キョウリュウ・クルーズ』で耳ぴょこしちゃった時はどうしようかと思ったけど、そのあとはトラブルもなくパレードまでいけてよかった」

自分もシャンパングラスを呷《あお》って、士朗がうなずく。

「レストランのサプライズケーキまで、ほぼ当初の企画どおりに遂行できてよかったよ。子供たちもちゃんと言うことを聞いていい子だった」

「子供たち、きっと今日のことを一生覚えてると思う」

それくらいに素晴らしい誕生日だった。両親と過ごしたスペシャルな一日の記憶は、ふたりの中に幸せな思い出として長く残るはずだ。

迅人自身もお返しに子供たちの笑顔という、最高のプレゼントをもらった。

「背中を押してくれてありがとう」

迅人は頼りになる夫をじっと見つめる。

「士朗が企画して引っ張ってくれなかったら……俺だけじゃ絶対無理だった。リスクばっかり考えちゃって」

「俺ひとりでも実行できないよ。おまえがいて、家族が揃って初めてできたことだろ？」

やさしい声を出した士朗が手を伸ばしてくる。士朗の指が触れたケモ耳が、ぴるるっと震えた。

「あ……っ」

そうなって初めて、まだ自分が半獣化のままだったことに気がつく。双子の世話に必死で、うっかり戻るのを忘れていた。この姿のまま双子と一緒に風呂にも入ってしまった。

「……ごめん、戻るの忘れてて……」

「そのままでいい」

「え？」

士朗の言葉に軽く目を見開く。

「でも」

「この姿もかわいいよ」

甘い低音で囁かれ、じわっと顔が熱くなった。

「そ、そうかな？　その……気持ち悪くない？」

士朗の前でこの姿になったことはほとんどない。一度、エッチの時に感じすぎて思わず尻尾が出ちゃったことはあったけど……。

「そんなこと思うわけないだろ？」

士朗が心外そうな声を出した。

「………」

士朗は、人狼である自分を有りの侭《まま》に受け入れ、生涯の伴侶となってくれた。さらには男の身で女性化し、妊娠して出産までした自分を受け入れてくれた。そうして生まれた子供たちを心から愛しみ、一緒に育ててくれている。

元極道のパートナーはおおらかで肝《きも》が据わっているから、大概のことには動じない。

だからつい、その包容力に甘えてしまうけれど。

「耳つきのおまえも、かわいいぞ？」

指で耳を弄《もてあそ》びながら士朗が口許を緩める。

「ほんと？」

「本当。やわらかくてモフモフしてるしな。ちなみに……尻尾も好きだ」

そう言って、迅人の尻に手を伸ばしてくる。バスローブの上から腰を撫で回され、ぞくっと背筋が震えた。

「尻尾……見せてくれ」

「えっ……」

狼狽《うろた》える迅人を、黒い瞳がじっと見つめる。

「見たい……」

熱を帯びた眼差しで射竦められ、ねだられてしまえば抗《あらが》えない。迅人はバスローブの紐を解き、合わせを開いた。士朗が両手を伸ばしてきて、バスローブを肩から落とす。

「立ってみてくれ」

乞われるがままに、迅人はソファから立ち上がった。下着はつけておらず、全裸なのが恥ずかしかったが、なんとなく嫌だとは言えなかった。

「後ろを向け」

指示どおりにくるりと回転する。

これで、尾てい骨《び》から生えているふさふさの尻尾を、士朗の目に晒《さら》すことになった。

(なんか……やっぱり恥ずかしい)

じっくりとフォルムをなぞるような視線を背中に感じて、もじもじと膝を擂り合わせる。ふさっと尻尾が揺れた。

「……いい眺めだな」

少しの間を置き、感嘆めいたつぶやきが背後で落ちる。

「世界広しと言えども、耳と尻尾がついた奥サンを持ってるのは俺くらいのもんだ」

悦《えつ》に入った声に、思わず「なにそれ、自慢?」と突っ込んだ。

「自慢だよ」

すかさず返されて迅人は微笑んだ。

こんな異形《いぎょう》の自分でも丸ごと受け入れてくれる……。

それが容易なことじゃないとわかっているから、実感するたびに胸が熱くなる。

賀門士朗というパートナーに巡り会えて、自分は本当に幸せだ。

士朗をパパに持った子供たちも世界一幸せだ。

我が身の幸福をしみじみと嚙み締めていると、「こっちへ来いよ」と呼ばれた。その声にひそむ甘昏いニュアンスに首筋がゾクゾク粟立《あわだ》ち、耳がピクピク動く。

冬場の繁殖期は過ぎたけれど、まだ余韻が残っているのか、春先はちょっとしたきっかけで発情しやすいのだ。

ふたたび反転し、ソファの士朗に腕を引かれる形で、彼の膝の上に乗り上げた。逞《たくま》しい首に腕を回し、額に唇を押しつける。眉間や鼻骨、頬骨にも短いくちづけを落とし、至近から目をじっと覗き込んだ。漆黒の闇のような黒い瞳。だが暗くはない。士朗の瞳は星の瞬く冬の夜空のごとく、不屈の生命力に満ちている。

溢れる胸の想いを載せた囁きに、彫りの深い貌が蕩《とろ》けた。

「……士朗……好き」

「俺もだよ」

そう言い返してくれた士朗とキスをする。唇を押しつけ合い、吸い合い、啄《ついば》み合い、唇をひととおり愛撫してから、お互いの口の中に舌を潜《もぐ》り込ませた。

士朗の分厚い舌が、歯列を辿り、歯茎を愛撫し、迅人の舌の裏筋をぬるっと舐め上げる。

「ふ……んっ……」

口の中に溜まった唾液を舌先で掻き混ぜられ、頑丈な歯で舌を甘噛みされる。ジンと背筋が痺れて、喉が鳴った。

迅人の舌を翻弄しつつ、士朗が大きな手で背中を撫で下ろす。じりじりと下がった手が、尻の膨らみを揉み込んだあとで、ぎゅっと尻尾を握った。迅人の裸体がびくんっと震える。

「んっ……ンっ」

尻尾をやんわり扱《しご》かれているうちに、付け根がじわじわと熱を持ち始めた。その熱がやがて全身に伝播していく。迅人はうずうずと腰を蠢《うごめ》かせ、士朗の背中に爪を立てた。

（……熱い）

口接を解いた時には、うっすら上気した肌が汗ばんでいた。

完全に発情してしまった。迅人は潤んだ目で夫を見つめながら、その膝から降りて絨毯に正座した。向かい合った士朗のバスローブの紐を解き、合わせを開き、引き締まった腹筋を撫で回す。腹筋の下の黒々とした茂みにそそり立つ、すでに半勃ちの欲望をうっとりと見つめた。

「これ……食べていい？」

上目遣いの伺いに士朗がふっと笑う。

「好きなだけ食え」

お許しが出たので、片手で摑んで頬ずりしてから、亀頭をゆっくりと口に含んだ。

「ん……んっ、ふ」

もう何度口に受け入れたかわからない。口腔《こうこう》にしっくりと馴染んだ士朗の形。それでもいまだに大きさを持て余す。

このところ誕生日企画の準備に士朗も迅人も慌ただしい日々を過ごし、抱き合う余裕がなかったのでなおのことだ。

滑らかな亀頭をぴちゃぴちゃと舐め回し、括《くび》れから軸にかけてを丹念に舌で辿る。血管が浮き出たシャフトを横咥《よこぐわ》えにして、舐めたり、皮をゆるく歯で摘《つま》んだりした。ぴくりと士朗が身じろぎ、口の中のものが質量を増す。

感じていることがわかって、ますます熱が入った。

士朗の手が迅人のケモ耳を弄る。労うように指でやさしく耳の内側を愛撫され、瞳がじわっと濡れた。迅人の股間の欲望もエレクトして、先端が濡れている。

気がつくと迅人は無意識に腰を持ち上げ、尻を左右に振っていた。尻尾も一緒にパタパタと揺れる。

いつしか——口腔内の雄は、喉を突きそうな大きさまで膨張していた。顎の蝶番《ちょうつがい》が軋《きし》む。唇から滴《したた》った唾液が喉をびしゃびしゃに濡らした。

「……ふ……ん、ぅ」

苦しい。もうこれ以上は無理……と思ったところで、ずるっと口から抜かれる。

「あ……」

喪失感に小さな声を漏らすと、士朗がソファに仰向けに横たわり、「俺の上に乗れ」と言った。ソファに上がって、大きな体によじ登る。

「こう？」

「そうだ。乳首を舐めてやるから、胸を俺の顔の前に……」

指示どおりに体をずり上げ、胸がちょうど士朗の顔のあたりに来るようにした。

「よしよし、いい子だ」

言うことを聞いたご褒美のように、胸の突起をべろりと舐められて、ビリッとむず痒い痺れが走る。もう妊娠・出産からずいぶん経つのに、春先は乳首が張って感じやすいのだ。

「あっ……」

思わず声が出てしまい、喉を締める。だめだ。子供たちが起きてしまう。

自制している間も、舌先でれろれろと嬲《なぶ》られた乳頭がジンジンしてきた。

迫り出した乳首を、士朗の頑丈な歯が甘噛みし、きゅきゅっと引っ張る。強烈な刺激にぶるっと全身が震えた。

「……っ……」

喉許の嬌声《きょうせい》を必死に堪《こら》えていると、士朗が乳首を離す。

「ちょっと待ってろ」

そう言って体をずり下げた。これにより、迅人は士朗の顔に跨《また》がる体勢になる。

「……やだ……これ、やっ」

下から股間を覗き込まれる恥ずかしい体勢に、迅人は反射的に身を引こうとしたが、士朗が太股を両手でがっしり固定してしまって動けない。迅人の勃起したペニスを、士朗の舌が舐め上げる。敏感な裏筋をざらりと舐められて、尻尾がぶわっと膨らんだ。

散々舐めしゃぶられたあとで、先端からずぶずぶと口に含まれる。熱い口腔内に取り込まれた瞬間、弾力のある大きな舌が絡みついた。引き絞られて、背中がたわむ。

「ぁん……あぁん……」

もう喉から漏れる声を抑えられない。

じゅぶじゅぶと水音を立てて大きな口に出し入れされ、尻尾が上下に揺れた。耳もぴるぴると震える。迅人は全身を真っ赤に染め上げ、腰を揺らして身悶《みもだ》えた。

「んっ……くぅんっ」

(もう、イク。……出ちゃうっ)

「士朗……士朗っ……」

涙声の懇願に、士朗が口を離す。

「どうする？　このままイクか？　それとも」

「い……入れてっ」

せっかくふたりでいるのに、ひとりでイクのは嫌だ。ひとつになりたい。

士朗が迅人のウエストを摑み、下から見上げてきた。

「自分で入れられるか？」

確認されて、こくりとうなずく。尻尾が出てしまっているので、繋がれる体位は限られている。

ふたたび士朗が体をずり上げ、お互いのポジションを調整した。迅人は士朗の股間に跨り、天を向く怒張の上にゆっくりと腰を落としていく。硬い亀頭がめりっと体を割る衝撃に、悲鳴が口をついた。

「ひ、あ――っ」

あわてて両手で口を塞ぐ。生理的な涙で瞳が濡れた。

「大丈夫か？」

こくこくと首を縦に振り、「だいじょう、ぶ」と答える。苦しくても、自分の中をみっしりと満たす充溢《じゅういつ》を愛おしく感じている自分がいるから大丈夫だ。

「……んっ……ふ……ぅ」

上体を前後左右にくねらせながら、大きなものを少しずつ受け入れていく。

「はい……った」

士朗の協力のもと、なんとかすべてを受け入れることができた利那《せつな》、迅人は肺に溜めていた息をふーっと吐き出した。

「がんばったな」

士朗が手を伸ばして首筋を撫でてくれる。くすぐったいけれど気持ちいい。

「自分で動けるか？」

「……ん」

うなずいた迅人は、士朗の硬い腹筋に手をつき、腰をじわじわと持ち上げた。屹立が抜けそうになるギリギリで、今度は落とす。何度かそれを繰り返し、馴染んできた頃合いを見計らって、中の剛直に気持ちいい場所を擦りつけるように動いた。

騎乗位はほとんど経験がない。

だから士朗を見下ろしているのも、自分で動くのも、すごく新鮮だった。

主導権を握っているような錯覚に囚われて興奮する。快感もいや増す。

「ん……いい……きもち、いっ」

薄く開いた唇から、掠れた嬌声が漏れた。声を我慢しなくちゃいけないと頭の片隅ではわかっていたけれど、まったく抑えがきかなかった。

「は……ぁっ……は」

乱れる迅人を熱を帯びた眼差しで見つめていた士朗が、不意に尻尾を摑んでくる。

「あぁっ」

ぐりぐり回すように動かされ、根元から背筋にかけてビリビリと甘美な電流が走った。

「尻尾弄ると、中……すげぇ締まる」

「ンんーっ」

尻尾を離したかと思うと、下からずんずん突いてくる。

リズミカルに突き上げられて体が揺らめいた。バウンドに合わせて尻尾がぱふっぱふっと揺れる。

迅人は喉を仰向け、背中を大きくしならせた。

反《そ》っくり返る寸前で、士朗が腕を摑んで支えてくれる。そのまま、ぐっ、ぐっと欲望をねじ込まれ、絶頂へ押し上げられた。

「いく、いく、いくっ……あっ……アア……イくぅ」

ヒートした脳裏でパシパシッと白光が閃《ひらめ》き、ペニスの先端から白濁が飛び散る。全身が細かく痙攣《けいれん》するのと時を同じくして、中がうねり、きゅうっと強く収斂《しゅうれん》する。

「……くっ……」

苦しそうな呻き声を発した一瞬後、士朗が体内で弾けたのがわかった。

「ふ……あ、あぁ……」

最奥《さいおう》に叩きつけられたおびただしい量の「熱」が、結合部からじわっと伝い漏れ、太股が濡れる感覚に小さく震える。

「あ……は……はっ」

ゆっくりと前のめりに倒れ込んだ迅人を、士朗がぎゅっと強く抱き締めてくれた。密着した硬い体は熱く汗ばんでいて、迅人の大好きな匂いがする。

「迅人……愛してる」

獣の耳にくちづけて士朗が囁く。

「おまえと、双子たちを愛してる」

息が苦しくてとっさに声が出なかった迅人は、「自分も同じ」という同意の印に尻尾をぱたんっと打ちつけた。

Take the dog for a walk

「お帰りなさい」

いつものように玄関まで主人を迎えに出た俺は、無言で差し出された都築《つづき》のアタッシェケースを受け取った。

仕立てのいい三つ揃いの首許に上質なシルクのネクタイを締めた姿は、同居して以降の一年間、寸分も変わらない。だが、めっきり気温が上がってきたここ最近、都築は冬の間に愛用していたトレンチコートを羽織らなくなった。

気がつけば、窓から差し込む日差しも春のそれだ。

ふたたび春が巡ってきて、このコンクリートの家で都築と暮らし始めて一年が過ぎた。

日によっては二十度を軽く越すこともあり、部屋の中にいても暑いくらいだ。日中ちょっと動くと汗ばむようになってきたので、俺もささやかな衣替えをした。セーターとカーディガンを脱ぎ、手洗いして干したのだ。

それを見てのことか、先週、都築がまた大きな紙袋をふたつ抱えて帰ってきた。

紙袋の中身は、長袖カットソーやシャツ、綿麻混合素材のカーディガン、コットンのパンツ、ストール、靴など。白やブルー系統を中心にした爽《さわ》やかな色合いのものが多かった。

基本、色合わせを考えなくて楽だという理由で、人生のほとんど黒やグレイを身につけてきた俺は、なじみのない配色に気後れしたが、買ってもらったものに文句は言えない。

「着てみろ」

と促され、サックスブルーのシャツを着てみると、都築はまんざらでもない表情で「まぁまぁだな」と短い感想を述べた。

鏡を覗《のぞ》いたら、育ちのよさそうな男が映っていて面食らった。

春らしい爽やかな色合いと、首に嵌《はま》った首輪がミスマッチで落ち着かない。その首輪も高級ブランドの特注品なので、まるで血統書付きの犬みたいだ。

少なくとも、親の顔も知らない捨て子で元やくざには見えない。

外見だけ取り繕ったところで中身が追いつかないと思ったが、飼い主が満足しているならそれでいいと思い直した。

都築が二階の自室で着替えている間に、俺は夕食の支度をした。

今夜の献立は、筍《たけのこ》とワカメの若竹煮《わかたけに》と鶏の照り焼き、ポテトサラダ、味噌汁に玄米御飯。

例によってこれといった会話のないまま、差し向かいで食事をする。

とりたてて話は弾まないけれど、だからといって別に気まずくもないし、食事を不味《まず》く感じることもない。都築もそれは同じであるらしく、おかずをぺろりと平らげ、玄米御飯をおかわりした。

食後はいつもなら入浴タイムだ。だが今日の都築は俺に「出かけるぞ」と言った。

(散歩!?)

ぱぁっと顔が輝いたのが自分でもわかる。本物の犬なら尻尾を千切《ちぎ》れんばかりに振っているところだ。

最近、俺の行動範囲が広がった。以前は完全なる「室内犬」だったのだが、庭に出ることを許されるようになったのだ。それによって日々の労働に庭の手入れが加わった。都築の許可を得て庭の一角に小さな家庭菜園を作り、野菜を育てている。

しかもそれだけじゃない。

このひと月余りの間、週一から週二の頻度で、都築は俺を夜の散歩に連れ出すようになった。散歩といっても、家から徒歩五分の場所に流れる川沿いを一駅分ほど歩き、橋を渡って、反対側の道を折り返してくるだけ。総じて一時間に満たないコースだ。

夜の十時過ぎ、川沿いの狭い歩道にはほぼ人通りがない。たまに犬の散歩をしている近隣の住人か、ジョギング中のランナーとすれ違う程度だ。外灯はあるが、車道沿いほどには数がなく、全体的に薄暗いので、誰も俺の首輪に気づかない。

先を行く都築の斜め一メートル後方を、長身の陰に隠れるようにして歩く。

都築とは歩幅が違うから、俺はやや早歩きをしなければならない。たまに土手の植物に気を取られていて距離が開くことがある。そんな時は、まるで背中に目が付いているかのごとく、都築の足がゆっくりになった。

都築が立ち止まる時は俺も止まる。暗い川の流れを眺める男の横で、俺もじっと川面を見つめ、水音に耳を澄ませる。

水音に耳を傾けていると、自分の中に積もり積もった澱《おり》が流されていくような気がする。

もちろん気のせいでしかない。ろくでもない過去が帳消しになる魔法なんかない。

また都築が歩き出す。俺もあとを追う。

ただそれだけのことだけれど、俺はこの散歩が好きだった。

家の中で見る都築とは、どことなく違って見えるから。

月を見上げる静謐《せいひつ》な横顔。スラックスのポケットに片手を入れて歩く、いつもより少しだけリラックスした背中。それらが新鮮だからだ。

今夜もいつものコースで、会話がないのもいつもと同じで、ただひとつ違っていたのは、復路の途中でぽつぽつと雨粒が落ちてきたこと。雨足はあれよという間に強くなり、家まで百メートルという地点で激しいザーザー降りになった。体を叩く雨が痛いくらいだ。

ふたりとも全身ずぶ濡れで、家の中に駆け込む。

三月中旬とはいえ、雨に濡れればやはり寒かった。

玄関口でぶるっと身震いした俺に、都築が「そこで待っていろ」と言い置いて室内に上がった。しばらくしてバスタオルを手に戻ってくる。ぽたぽたと雨の雫《しずく》を滴《したた》らせる俺の頭にバスタオルを被《かぶ》せ、ごしごしと拭いた。自分はまだ濡れたままだ。

「俺はあとでいいよ。あんた、先に拭いてよ」

そう言ったが都築は聞き入れず、頭を拭き終わると、俺の背中にバスタオルを被せた。バスタオルで上半身をくるむようにしてから、二の腕を引っ張る。室内に引き上げられた俺は、そのまま腕を引かれて廊下を進んだ。

辿り着いた浴室の中に引き込まれ、脱衣所で「濡れた服を脱げ」と命じられた。

濡れて肌に張りつく衣類が気持ち悪かったし、冷たくもあったから、脱ぎたいのはやまやま。でも、明るい脱衣所で服を脱ぐのはなんとなく憚《はばか》られた。

少し前まで全裸で過ごしていた自分が羞恥心を抱くなんて今更だし、ばかばかしいのはわかっている。頭ではわかっていても、体が動かなかった。

震えながら躊躇《ちゅうちょ》していたら、先に都築が脱いだ。照明の明るさなどまるで意に介していないとわかる、堂々たる脱ぎっぷりだ。

それも道理。

都築は実にいい体つきをしている。英国人の血が入っているせいだろうか、胸板や体の厚みが俺とは全然違う。自分だってこんな体をしていたら、気後れせずにさっさと脱ぐ。

非の打ち所のない男の裸体にちらちらと送っていた視線が、自然と右肩の疵痕《きずあと》に吸い寄せられた。

青白い肌に咲く石榴《ざくろ》の花のような……。

俺がつけた——銃創。

一年以上が経過しても、いまだに色褪せないその疵をぼーっと眺めていたら、「なにをグズグズしている」と咎《とが》められた。

「体が冷えるだろう」

叱られて仕方なく服を脱ぎ、全裸になる。都築が手を伸ばしてきて俺の首輪を外した。都築も眼鏡を取り去り、その後手を引かれて浴室に入る。

ここまで来て、俺ははたと気がついた。

（え？　って……一緒に入るってこと？）

以前、何度か都築に風呂場で「洗われた」経験がある。まさに犬を洗う要領でざぶざぶと頭から洗われた。

だが、それ以外で一緒に浴室に入ったことはなかった。

片方が入っている間、もう片方が待っていて体を冷やすのは避けたいし、そう考えればふたりいっぺんに入るのが合理的であるのはわかるけれど……。

浴室の入り口でしり込みする俺を引っ立て、都築がシャワーブースに押し込んだ。

都築自身も入ってきて、カランを捻《ひね》る。

とたんシャーッとレインフォレストシャワーから水滴が降ってきた。冷たいシャワーを頭から被って震え上がる。

「ひっ……」

とっさにブースの隅に逃れた。避難しているうちにシャワーの温度が徐々に上がり、湯気が立ってきたので、ふたたびに真ん中に戻る。適温の湯に打たれ、喉からほっと息が漏れた。

冷え切った体がだんだんあたたまってきて、体の強ばりも緩む。

するとそれを見計らったかのように都築がシャワーを止め、ボディソープを俺の首筋に垂らした。大きな手のひらで液体を満遍《まんべん》なく塗り広げていく。肩から背中にかけて滑り落ちる手の感触がくすぐったくて、俺は体を捩《よじ》った。

「動くな。洗ってやるから大人しくしていろ」

耳許に都築が低く囁く。

そう言われても、じっとしていられない。背筋がむず痒くなって脇腹がぴくぴく震える。

「……っ」

喉の奥から変な声が出そうだ。

「じ、自分でできる……から」

訴えてみたが無視された。やめてくれるどころか都築の手が前に回ってきて、胸や腹にクリームみたいな泡を塗りたくる。その泡が重力で滑り落ち、たちまち股間や脚が泡だらけになった。

「ひぁっ……」

悲鳴じみた声が出てしまったのは、不意に泡塗《まみ》れの乳首を摘《つま》まれたからだ。左右いっぺんに指で摘まれて、くりくりと捏《こ》ねくり回される。

「あっ……あっ」

嬌声《きょうせい》が喉を突いた。浴室のせいか、やけに声が響く。

「そ、こ……やっ……」

都築とセックスするようになって、それまで男にとっては無用の長物だと思っていた乳首が、立派な性感帯であることを知った。

押しつぶされたり、抓《つね》られたり、強弱をつけて引っ張られたりと――執拗に嬲《なぶ》られ続けた結果、俺の乳首は大きくなって色も変わった。なによりすごく敏感になった。

いまも少し乱暴に弄《いじ》られただけで、硬く凝《しこ》った乳頭がジンジンと疼き、淫猥《いんわい》な疼きと連動するように、太股の内側がピクピクと震える。

さほど時を要さず、泡塗れのペニスがゆっくりと勃ち上がった。

乳首で勃起する自分に、居たたまれない気分になる。

二十年以上不能だった性器は、失われた時間を取り戻そうとするかのように、都築の愛撫に他愛なく反応してしまう。こんなに張り合いがなくてはそのうち飽きられてしまうのではないかと、不安になるほどだ。

都築が俺に執着し、「犬」として飼っているのは復讐のため。

消えない「疵痕」を与えた俺を心身ともに屈服させ、屈辱を与えるためだ。

なのに、俺がその復讐としての行為《セックス》に快感を覚えてしまっては意味がない。

そのことにいつ都築が気がつくのか。目下の俺の一番の気がかりはそれだった。

だから毎回、今度こそもう少し我慢しようと思うのだが、試みも虚《むな》しく、巧みな手管《てくだ》にあっさり陥《かん》落《らく》させられてしまう。

（こんなんじゃ駄目だ。こんなに簡単じゃ……）

俺のジレンマをよそに、都築の長い十本の指が半勃ちの性器に絡みついた。根元からカリにかけてをぬるっと擦り上げられ、ひくんっとおののく。ぬるぬると円を描くように亀頭を愛撫され、もう片方の手で陰嚢《いんのう》をくちくち揉み込まれた。

「ン……ふっ……」

そんなことをされたらひとたまりもない。

亀頭の先端にカウパーが溜まり、泡と一緒にクチュクチュと粘ついた水音を立てる。ふたつの球を擦り合わせるように手のひらで転がされ、陰嚢がきゅうっと縮こまった。

鈴口を爪で抉《えぐ》られる刺激に、びりっと背筋に電流が走る。

気がつけば、俺のペニスはいまにも腹にくっつきそうなまでにそそり立っていた。脚がカクカクと小刻みに震え、立っていられなくなってタイルにしがみつく。

無意識に突き出す形になってしまった尻に、硬い屹立をごりっと擦りつけられた。

（かた……い）

都築も欲情しているのだと知って、ますます体が熱を孕《はら》む。

よかった。まだ飽きていない。

今日のところはまだ……飽きられていない。

都築の手がペニスから離れ、今度は尻を撫で回し始めた。手のひらで尻肉をぎゅっと鷲摑《わしづか》みにされ、揉みしだかれたあとで、割れ目に親指を差し入れられる。左右に割られたそこに、硬い屹立をぬるぬると擦りつけられ、後孔がひくひくと蠢《うごめ》く。

ヒクつく孔《あな》を亀頭でグッと押された俺は、息を詰めて挿入に身構えた。だがそんな俺を嘲笑《あざわら》うみたいに、切っ先がぬるっと上滑る。

「……ッ……」

ふたたび先端が宛がわれ、息を止めた瞬間にぬるっと滑る。

そんな肩透かしが数回繰り返された。

入ってきそうで来ない。

焦《じ》らしプレイに身悶《みもだ》え、シャワーブースの壁に爪を立てた俺は、もどかしげに腰を揺らした。カウパーが滲む先端をたまらずタイルに擦りつける。

「……ぅっ……ッ……」

喉が震えた。

全身が熱波にくるまれて、頭の芯がぼうっと霞《かす》む。

熱に浮かされた思考の中で、ただひとつはっきりしているのは、ここまできたらもう引き返せないということ。

下腹を痛いくらいに圧迫している欲望を吐き出さなかったらどうにかなってしまう。

「おねが……っ……も、うっ」

「もう、なんだ?」

唇を押しつけられ、耳殻《じかく》に直接囁かれた。耳の軟骨を舌先で辿りつつ、長い指が乳首を嬲る。乳頭を摘んで痛いくらいにきつく引っ張られて、ペニスがびくっと跳ねた。

「ふぁ、う……」

硬い欲望が、今度は脚の間に滑り込んでくる。エラの張ったカリ部分で会陰《えいん》を刺激され、背中が大きくたわんだ。

「も……だ、め……」

音《ね》を上げて解放しようとした刹那《せつな》、根元をぎゅっと握り込まれる。

「あぅっ」

放出を堰《せ》き止められた衝撃に、悲鳴が喉から迸《ほとばし》った。

涙で視界が歪む。はぁはぁと息が上がった。

欲しいものを与えられず、出すことも許されず、苦しくてどうにかなりそうだった。

「おねが……いれ、て」

涙声で懇願しながら腰をさもしく揺らす。そんな自分が都築の目にどう映っているかなど、もはや構っていられなかった。

「欲しい……欲し……っ」

尻を突き出し、譫言《うわごと》のように浅ましい要望を繰り返す。自分で尻たぶを摑み、割り開いてひりつく孔を晒し、「ここに……欲しい」とねだる。

そこまでしてやっと都築が入ってきた。俺の尻で扱《しご》き上げた剛直でめりっと割られ、悲鳴が口をつく。

「あっ……アぁっ」

泣くほど待ち望んでいたのに、予想以上の質量にとっさに腰が引けた。

逃げようとする俺の腰骨を都築が両手で摑む。逆にぐいっと引き寄せられた。ボディソープの滑りを借りて、ずぶずぶと体内に入ってくる肉棒に、背中を大きく反らす。

「……っ……ッ……」

ぱくぱくと口を開閉して喘ぐ。

苦しい。……苦しい。

気持ちいいだけじゃないのは、一筋縄ではいかない俺たちの関係そのもののようだ。

「ふ……はっ……はっ……」

根元まで押し込まれて荒い息を整えていると、都築が両腕を前に回してくる。

結合したままぎゅっと強く抱き締められ、首筋に唇を押しつけられた。ぴったりと密着した男の体が発する熱に、頭の芯がクラクラする。

「おまえの中は……熱いな」

征服欲がひそむ低音を吹き込まれ、小さく身震いした。

都築に包まれている俺が、同時に都築を内包している。

そうやってあたため合った結果、雨で冷え切っていた体がいま——こんなにも熱い。

直にもっと熱くなるはずだ。

ほどなく快楽の波に呑み込まれて身も世もなく乱れるであろう自分を思い、俺は都築の腕の中で湿った吐息を零した。

キヅタカ日記

「キヅ、起きろ！　起きないと遅刻しちゃうぞ」

まだベッドの中で丸まっている希月《きづき》を急《せ》き立てる母さんの声。その声がどんどん大きくなっていく。

「もう！　なんで起きられないんだよ？」

ついには無理矢理布団を引っぺがした。

「キヅは昨日遅くまでこっそりゲームしてたから」

二段ベッドの上段から下りてきた峻仁《たかひと》の台詞《せりふ》に、母さんが「またぁ？」と呆《あき》れた声を出す。

「あれだけベッドの中ではゲーム禁止って言ったのに。次やったらゲーム機没収って約束、覚えてるか？」

母親の凄みを帯びた低音に、寝ていた希月ががばっと起き上がった。まだ半分寝ぼけたような表情で正座をし、「ごめんなさい。もうしません」と謝る。両手を合わせて母親を拝んだあとで、峻仁を睨《にら》みつけた。

「チクんなよぉタカのばか！」

「ばかじゃない。テスト、キヅより点数いいし。ばかはそっちだろ？」

「うるさいっ！　タカのチビ！」

「一センチしか違わないだろ」

「朝から兄弟喧嘩《げんか》はやめなさい。そんなことしている時間があったらさっさと顔洗って歯を磨《みが》く。ほら！」

仲裁に入った母さんが、やっと起き上がってきた希月と、色違いのパジャマを着た峻仁の背中をポンと押す。

「ふたりとも急いで。歯を磨いたらごはんだよ」

「「はーい」」

双子は「どけよぉ」「そっちこそジャマ」と小突き合いながら二階から階段を下りた。

「どっちが早いか競争！」

希月が叫ぶやいなや廊下を駆け出す。

「先に走るのズルだろ。フライング！」

峻仁も兄のあとを追う。

抜きつ抜かれつ廊下をパタパタ走っていると、目的地である洗面所から父さんが出てきた。

「おぉっと」

「「わっ」」

ブレーキが利かず、立て続けに、どん、どんっと父親にぶつかる。だが長身の父は、双子の体当たりに微塵《みじん》も身じろがなかった。両手で双子の頭をそれぞれ摑み、「こらこら、廊下は走っちゃだめだろ」と諭《さと》す。

父の長い脚に各々しがみついた双子は、声をハモらせ、朝の挨拶《あいさつ》をした。

「「父さん、おはよう」」

「おはよう、キヅ、タカ」

大きな手でポンポンと頭をやさしく叩かれて、ふたりとも身をくねらせる。

双子は父さんが大好きだ。やさしくて綺麗《きれい》な母さんももちろん大好きだけれど、父さんのことは「男」として尊敬している。

父さんは日曜大工が趣味で、壊れたオモチャや自転車をたちまち直してくれるし、テーブルや棚も自分で作ってしまう。キャンプに行けば、テントを張ったり、バーベキュー用の薪《まき》を割ったりを全部やってくれる。虫取りや釣りも凄腕だ。

その上料理がすごく上手。母さんも料理はするけど、父さんには敵《かな》わないと双子はひそかに思っている（特にカレーが絶品）。

「キヅー、タカー、顔洗ったか？」

母さんの声が遠くから届く。

「ほら、急げ。母さんに叱られるぞ」

促され、父さんと入れ違いで洗面所に入った。押し合いへし合いしつつ、歯を磨いて顔を洗う。昔は双子と言えども峻仁のほうが体が小さかったので、兄の希月に押され気味だったが、小学校四年生になったいま、ふたりの体格差はほとんどない。

「どけよ」

「キヅこそ、どけよ」

そのせいか、兄弟間でライバル意識が芽生えてきた。なにごとにつけてもいちいち張り合うので、母さんに「もういい加減にしなさい！」といつも怒られている。でもどうしても張り合ってしまうのだ。これはもう、双子に生まれついた自分たちの宿命なのかもしれない。

永遠のライバルであるふたりの個性は、それぞれ異なっている。

ふわふわの癖毛と明るい色の瞳を持つ希月は、相変わらず運動神経抜群だ。鉄棒も水泳も、サッカーも野球もドッジボールも、スポーツならなんでもござれ、そして小学校で一番足が速い。六年生より速い。

さらさら黒髪に黒い瞳の峻仁は、足の速さでは希月に負けるが、勉強はクラスで一番だ。学級委員にも四年連続で選ばれた。

とはいえ、ふたりともに本来の力をすべて出し切ってはいない。「本当の自分を見せないこと」については幼少時から叩き込まれ、身についてしまっているので、あまり意識せずとも自然と能力をセーブできている。

学校という集団生活に順応できるかどうかを家族は心配していたようだが、いまのところ一度も『秘密』がばれるような決定的なピンチを迎えたことはなかった。

家族四人で朝食を食べてから、制服に着替え、ランドセルを背負って玄関で靴を履く。ふたり並んでストラップシューズのボタンを嵌《は》めていると、洗い物を終えた母さんが見送りに出てきた。

「ふたりともプリント持った？」

「持った」

そう答える峻仁の横で、希月が「あ、いけね」と舌を出す。

「勉強机の上に置いてきちゃった」

「もー、キヅの忘れ物大王は誰に似たんだろうな」

母さんがため息をつき、プリントを取りに二階へ上がっていった。

「……忘れ物大王」

「うっせっ」

小突き合っているうちに、母さんがプリントを持って階段を下りてきた。

「ほら、ちゃんと忘れずに先生に提出するんだよ」

「はーい」

「タカ、キヅが忘れないように見てて」

「わかった」

双子は入学以来ずっとクラスも一緒だ。双子の学年は一学年に三十五名しかいないからクラス分けのしようがない。叔父の峻王《たかお》がそれを知って「少子化やべーな」と驚いていた。

外門まで一緒に出てきた母さんが、毎朝の決まり文句を口にする。

「車に気をつけて。横断歩道は青になったあとで左右を確かめてから渡ること」

近所に同じ小学校に通う子供がいないので、この春までは両親が送り迎えをしてくれていたが、二ヶ月前に四年生に進級してからは、ふたりだけで登下校するようになった。

往復でも三十分程度の通学時間だが、それでも、これまではどこに行くにも保護者付きだったふたりにとっては毎日が冒険だ。

「帰りも寄り道しないで帰ってきなさい」

そう言われても、ついつい空き地や公園に立ち寄ってしまうのは仕方がない。

「はい、じゃあ行ってらっしゃい」

「「行ってきまーす」」

ふたりで元気よく母に手を振った。

「タカ、キヅ」

頭上から名前を呼ばれ、顔を上げると、二階の窓から父さんが手を振っている。双子は父親にも笑顔で大きく手を振った。

「「行ってきまーす」」


「はい、今日はみんなに新しいお友達を紹介します」

その日、双子のクラスに時期外れの転校生がやってきた。

朝のホームルームで、担任の女性教師が転校生を紹介し、黒板に名前を書く。

『神山《かみやま》みちる』くんです」

教壇の前に立つ『神山みちる』は、とにかくちっちゃくて細かった。制服が間に合わなかったのか、白いシャツに黒の半ズボンを穿《は》いているが、その半ズボンから覗《のぞ》く脚が棒きれみたいだ。そして色が白い。

前髪が長くて目が隠れがちなのに加え、眼鏡をかけているから、顔の造りはよくわからなかった。ちっちゃな顔に比べて眼鏡のフレームが大きすぎて、正直眼鏡の印象しかない。

「はい、神山くん、クラスのみんなに挨拶をしてください」

俯いていた転校生が先生に促され、消え入りそうな小声で「……よろしく……お願いします」と挨拶をする。

峻仁の隣の席で希月が「声ちっちぇー」と言った。びくっと肩を揺らした転校生がおずおずと顔を上げる。レンズの奥から、じっとこちらを見つめてきた。

「…………」

なにか言うのかと思ったが、結局なにも言わずにまた俯く。

「神山くんは生まれつき体が少し弱いのね。なので体育の授業は見学になります」

(それで色が白いのか)

峻仁が納得していると、後ろの席の女子二名が「なんかくら〜い」「ねー」と囁き合った。

こういうのって第一印象が肝心だから、ここで上手くアピールできないと、クラス全員に「つまんないやつ」って思われてしまう。

おもしろいことを言うわけでもなく、運動もできない、見た目も地味——と三拍子揃えば、いつしか自然とクラスの中で「空気」扱いになる。

いてもいなくてもどっちでもいい存在。

だがまだ「空気」はマシだ。いじめよりは。

いじめられたら、ここでは逃げ場がない。他にクラスはないし、クラス替えもないから、卒業までいじめられっ子で過ごすしかない。それはかなりきつい。

「峻仁くん」

名前を呼ばれて、峻仁は「はい」と立ち上がった。名字の「賀門《がもん》」だと希月と区別がつかないので、先生に名前で呼ばれているのだ。

「神山くんには、慣れるまできみの隣の席に座ってもらいます。面倒みてあげてね」

「はい、先生」

後ろの女子が「いいな〜タカくんの隣」とつぶやく声が聞こえる。「ねー、ずるーい」と別の女子が同意した。『タカ派』の女子だ。学校は『タカ派』と『キヅ派』に女子が二分していて、ファンクラブまである。

もっとも双子は女の子にまだ興味がなかった。「あいつらめんどくさい」というのが希月の説だ。峻仁もほぼ同意見だった。めんどくさいというより、女子は敵に回すと怖い。

「神山くん、彼が学級委員の賀門峻仁くん。わからないことがあったら彼になんでも訊《き》いて」

転校生がかすかにうなずく。

「じゃあ、神山くんは峻仁くんの隣の席に座って。峻仁くん、神山くんに教科書を見せてあげてね」

先生の指示どおり、転校生——みちるは峻仁の左隣の席に座った。いままで右隣の希月とくっついていた机を、峻仁は左に寄せて、みちるの机にくっつけた。一時間目の算数の教科書を開き、境界線上に置く。

「もっとこっちに寄りなよ」

そう誘ってもみちるは動かなかった。じっと自分の机を見つめている。

「それじゃ見えなくない？　大丈夫？」

だが、みちるは峻仁のほうを見ることもなく、首を横に振った。

（……緊張してんのか？　それとも人見知り？）

心の中でつぶやいた峻仁は、それ以上みちるに構うのをやめた。本来お節介は好きじゃない。必要だと思ったら、自分から見せてって言ってくるだろうし。

算数の授業が始まってしばらくして、ごそごそ物音がしたので横目で隣を見やる。みちるがランドセルからノートと筆記用具を取り出していた。

彼が開いたノートに目を瞠《みは》る。見開き一面にびっしり、算数の問題とその答えが書いてあったからだ。一目で、かなり難しい問題だとわかった。

しかも、小学校では教わらない一次方程式を使って解いている。

峻仁自身は、育ての親のひとりで、高校の数学教師でもある侑希《ゆうき》ママに教わり、低学年から方程式を知っていた。インターネットで存在を知って、峻仁のほうから「教えて」と頼んだのだ。侑希ママは教えてくれたけど、「ただし方程式に頼らないで、自分の頭で考えて、いろいろな可能性を探ること」と釘を刺された。

だから学校では使わない。クラスで浮きたくなかったから、峻仁は誰とも方程式について話したことがなかった。

でもこの眼鏡の転校生とは、もしかしたら話ができるかもしれない。

無口で人一倍シャイな転校生に、峻仁は興味を覚えた。


その日の放課後、双子はみちると一緒に下校することになった。担任に「一緒に帰ってあげて」と頼まれたのだ。偶然にも、みちるの家は双子の家の近所だという。

「よーし、俺たちについてこい。そしたら生まれたばっかの猫見せてやる」

希月が偉そうに胸を張り、みちるは黙ってこくっとうなずいた。いつもの下校ルートを辿り、双子で開拓した秘密の場所に立ち寄った。母さんに寄り道はだめと言われているけれど、五分程度なら許される範疇《はんちゅう》だと、双子は勝手にマイルールを作っていた。

神社の軒下に三人で潜《もぐ》り込む。まだ生まれたてほやほやの子猫が五匹、母猫のお乳を吸っていた。

母猫は、双子が手出しをしてこないのを知っているので、特に威嚇《いかく》もせずに横たわっている。

ぴゃーぴゃー鳴いたり、お乳をちゅーちゅー吸ったりしている子猫たちを、息をひそめて三人で眺め、五分ほどして軒下から這い出た。膝小僧や腕についた土埃《つちぼこり》をパンパンと払う。

「かわいかっただろ？」

得意げな希月の問いかけに、みちるがこくっと首を振った。その白い顔が、心なしか紅潮している。どうやら楽しかったらしい。

「そろそろ帰らないと。時間だよ」

峻仁の指摘に、希月が「おー」と応えた。三人で一列に並んで歩道を歩く。住宅地に差し掛かり、しばらく行ったところで、みちるが足を止めた。

「へー、おまえんちってここ？」

見覚えのある家は、双子が越してくる前からある古い日本家屋だ。もっとも、このあたりは古い建物が多くて、新築の双子の家が珍しいくらいだけれど。

「表札の名前が違うね。『池沢《いけざわ》』って書いてある」

「それはお祖父さんとお祖母さんの名前」

「ああ、お母さんの実家ってこと？」

峻仁の問いにみちるが「うん」と答える。

「お母さんとお父さんは？」

「お父さんはぼくが生まれてすぐ、お母さんも先月死んじゃった。ぼくひとりになっちゃったから、東京のお祖父ちゃんとお祖母ちゃんが引き取ってくれることになって……」

初めて、みちるがたくさんしゃべった。相変わらず声は小さかったけれど、自分たちに慣れてきたのかもしれない。

それを聞いていた希月が顔をしかめる。

「おまえ兄弟もいないの？　寂しいじゃん」

おなかの中にいた時から兄弟と一緒で、大家族で育った希月には信じられないことらしい。

しかもみちるは母親を亡くしたばかりで、引っ越してきたから身近に友達もいない。

それに比べてうちは両親が揃っているし、歩いて五分のところに母さんの実家があって、ジイジやオッジ、峻王叔父さんや侑希ママもいる……。

峻仁はちらっと兄を見た。希月はまだしかめっ面《つら》でなにごとか考え込んでいる。

「そうだ！」

突如、希月がいいことを思いついたというように弾んだ声を発した。

「おまえさ、これからうちに遊びに来いよ」

「キヅ、いいのか？」

希月の提案に驚き、峻仁は兄に確認した。

家の事情が特殊なので、いままで一度も友達を連れていったことはない。両親に連れてきちゃだめと言われたわけではなく、双子が自主的にそうしていた。

『秘密』の件もあるし、それに、うちは他の家と違う。

それに気がついたのは、小学校に入ってからだ。

人間には男の人と女の人がいて、クラスメイトのお母さんは「女の人」。

でも……うちは違う。

「大丈夫。こいつはペラペラしゃべったりしないもん」

希月が安請け合いする。

「なんでそう思うんだよ?」

「なんでって、わかんないけど、信用できる気がする」

またそんないい加減なことを……と思ったが、兄の直感は不思議と当たるのだ。自分よりも希月のほうが野性が強いのかもしれない。

希月がみちるをまっすぐ見つめ、「な?」と同意を求める。

「しゃべんないよな?」

ちょっと驚いた顔をしたあとで、みちるはいままでで一番はっきりとうなずいた。

「しゃべらない」


「おかえり。あれ? お友達? めずらしいね」

玄関で出迎えた母さんが、双子の後ろのみちるを見て目を丸くした。めずらしいどころか、クラスメイトを連れて帰ったのは初めてだ。

「今日転校してきたんだよ。家が近所なんだ」

希月の説明を受けて、みちるがぺこっと頭を下げる。

「……神山みちるです。こんにちは」

「へー、みちるくんかぁ」

顔を綻《ほころ》ばせた母さんが、「あ、上がって。タカ、みちるくんを二階の子供部屋に案内して。あとで冷たいもの持っていくから」と言って奥に戻っていく。

三人で二階に上がって子供部屋に入り、それぞれランドセルを下ろした。

「さっきの人がお父さん？」

みちるに訊かれ、双子は顔を見合わせる。

「すごく若くて……なんだかお兄さんみたいだね」

「…………」

どう答えていいか悩んでいるうちに、ドアがガチャッと開き、家で仕事をしている父さんが顔を出した。

「友達が来てるって？」

「こんにちは」

ふたたびぺこりとお辞儀をしたみちるに、父さんが大きな体を折ってお辞儀をし返す。

「双子の父です。息子たちがお世話になります」

子供扱いせず、きちんとした言葉遣いで挨拶をしてから、みちるに向かってにこっと笑った。

「うちが近いって聞いたけど、帰る時に声をかけてくれたら送っていくから」

「は、はい」

父さんがドアを閉めて立ち去ったあと、みちるが不思議そうに訊いてくる。

「いまの人がお父さん？　じゃあさっきの……」

そこでコンコンとノックが聞こえ、ドアが開いた。ジュースの入ったコップとおやつの盛り合わせをトレイに載せて、母さんが部屋に入ってくる。ジュースとおやつをいそいそと学習机に置き、双子に「おやつは手を洗ってうがいをしてからだからな」と言った。

「じゃあ、みちるくん、ゆっくりしてってて。うちの息子たちをよろしく」

母さんが出て行ってパタンとドアが閉まり、みちるがますます混乱した表情をする。

「息子たち？　……さっきも息子って……どっちもお父さん？」

さすがに、聡《さと》いだけあってみちるは矛盾に気がついたようだ。

「あー……うん。……ちょっとここで待っててもらっていい？」

みちるに断り、峻仁は希月を引っ張って部屋の外に出た。

「困ったね。どうする？」

「うーん、適当なこと言う？」

「誤魔化《ごまか》されないよ。あの子、頭いいもん。それに先のことを考えたらいまちゃんと説明しとくべき」

「じゃあどうする？」

「とにかく、僕が話すからキヅは黙ってて。余計なこと言っちゃだめだよ」

思案げな面持ちで兄にそう念を押し、部屋に戻った。

みちるを学習机の椅子に座らせ、双子はベッドに並んで腰を下ろす。峻仁はみちるの顔をまっすぐ見つめて口を開いた。

「さっきのふたりが僕たちの両親なんだ」

「…………」

峻仁の目を見つめ返してしばらく考え込んでいたみちるが、「お母さんは死んじゃったってこと？」と尋《たず》ねてきた。

「えっと、それは」

説明しようとする希月を肘で小突いて黙らせた峻仁は、「僕たちを産んですぐに」と肯定した。ここは嘘も方便ってやつだ。

「それで、僕たちが生まれ育った家は、お祖父さんとか大叔父さんとか叔父さんも一緒の大家族だったんで、僕らはみんなに育てられたんだ」

みちるが少しして「ああ、そうか」と納得した声を出す。

「……兄弟？　あんまり似てないけど」

「そうそう。兄弟」

みちるの誤解にありがたく乗っからせてもらう。

実際、近所や学校の先生に対しては、父さんと母さんは「兄弟」ということになっている。双子が生まれた時に、母さんは父さんと養子縁組をして「賀門迅人《はやと》」になったから、戸籍上は「親子」だけど。

戸籍上は親子で、世間一般には兄弟で、本当は夫夫《ふうふ》。しかも、双子と母さんは戸籍の上では兄弟だ。

複雑すぎて、時々双子も頭がこんがらがる。

「でもずっとふたりに育てられたから、僕らは『父さん』と『母さん』って呼んでる」

峻仁の説明を黙って聞いていたみちるが、「一緒だね」とつぶやいた。

「生まれてすぐに死んじゃったの同じだね」

「同じ?」

問い返した直後、みちるが自分の父親のことを言っているんだと気がつく。

みちるが自分の境遇を重ね合わせ、自分たちに親近感を抱いているのがわかり、心がちくっと痛んだけれど、本当のことを話すわけにはいかない。

それに、たとえ本当のことを話したとしても、信じてなんかもらえない。

さっきのふたりのうちの片方が「実の母親」だなんて――。

母さんのことを含め、一族の『秘密』は絶対に人間には明かしてはならないと、物心ついて以降、双子は厳しく戒《いまし》められてきた。

自分たちを護《まも》るための「掟《おきて》」。

同時にそれは、人間と共存していくための「掟」だ。

双子の顔を交互に眺めていたみちるが、おずおずと口を開く。

「……また遊びに来ていい?」

双子は顔を見合わせた。みちるが、自分の意志を示したのは初めてだ。

「もちろん」

峻仁はうなずいた。

「家も近いしさ、いっぱい遊ぼうぜ！　そうだ、林に基地作ろう！　三人の基地！」

希月のアイデアに、みちるの顔がぱあっと輝く。頬を紅潮させて、何度も首を縦に振った。

（よかった）

転校生が孤立せずに済みそうなことは、学級委員として歓迎すべき事態だ。先生にみちるの世話を頼まれていた峻仁は、心の中でほっとした。


転校生神山みちると双子の出会いが、のちの自分たちの運命を大きく変えるものになろうとは、この時、三人のうち誰ひとりとして知る由《よし》もなかった。

月に吠える

「行ってきます」

自分の部屋から玄関に向かう廊下の途中で、台所に向かって声をかけると、洗い物をしていた祖母が水栓を閉めて廊下まで出てきた。

「もう出かけるの？」

灰色の髪を後ろでひとつにまとめている祖母が、濡れた手を前掛けで拭きながら訊《き》く。

「うん、今日は日直だから……」

みちるは、消え入りそうな小さな声で答えた。

この四月、みちるは中学生になった。

今日は中学になって初めての日直当番だ。正確には二巡目なのだが、一度目は風邪で休んでいる間に運良く過ぎ去ったので、今日が初日直だ。

日直には、やらなければならない「仕事」がたくさんある。まず、普段より早めに登校して職員室でプリントを受け取り、予鈴までにそのプリントを配り終わらなければならない。黒板に「今日の提出物」を書き出すのも、授業のあとで板書《ばんしょ》を消すのも日直の仕事だ。移動教室の際に最後まで残って窓やドアを閉めたりするのもそうだ。放課後には学級日誌も書かなければならない。

だがそれらは別に黙ってやればいいことで、問題は朝のホームルームでの一分間スピーチだった。

小学校時代には、このスピーチはなかった。内容はなんでもいいとされている。だが自由にといわれると逆になにを話せばいいのかわからない。

ああでもない、こうでもないとグルグル考えて、昨日の夜は眠れなかった。

みちるの顔色の悪さを心配してか、祖母が「なんだか顔色が悪いね。具合でも悪いの？」と尋《たず》ねてくる。

具合が悪いというより気分が悪い。スピーチのことを考えると憂鬱《ゆううつ》でたまらない。

もういっそ学校を休んでしまいたい……。

(でもそうすると……日直の仕事を峻仁《たかひと》がひとりでやらなくちゃならなくなる)

それは結構大変だ。放課後に先生の点検があって、し損じがあると、日直のやり直しというペナルティが課せられてしまう。

ずる休みして、親友に迷惑はかけられなかった。

「そういえば、朝もごはんを半分残していたし。まぁ、あんたはもともと食が細いけれど」

祖母の目が、だからこんなにやせっぽちで背も伸びないんだね、と言っている気がする。

みちるの身長は百四十二センチで体重は三十五キロ。

小学校六年生の時から背は一ミリも伸びず、クラスの中でも男子では一番小さい。当然ながら、列を作る際は一番先頭だ。体もまるで筋肉がなくてガリガリ。

いまも、ぶかぶかの制服の中で体が泳いでいる。明らかに詰め襟の首回りが緩いし、袖もズボンの着丈も長い。祖母が成長期を見込んで、サイズの大きな制服を注文したためだ。

けれど中学の制服を着始めて二ヶ月が過ぎても、サイズがちょうどよくなる兆《きざ》しはまるでない。

子供の頃から虚弱体質で、小学校の四年生の半ばくらいまでは体育の授業を受けられなかった。

東京に来て友達ができ、彼らと一緒に遊ぶようになって少しずつ体力がついてきて――いまは普通の日常生活を送れるレベルにはなったけれど、相変わらず運動は苦手だ。体育の授業中は、とにかく隅っこで目立たないよう身を縮めている。

祖母の視線を避けるように俯《うつむ》いていたみちるは、次第にずり下がってきた度のきつい眼鏡を押し上げた。近眼だけは着々と進んで、昨年眼鏡を新調した際にレンズがさらにぶ厚くなった。

「……行ってきます」

小声でつぶやき、肩掛けのスクールバッグを背負い直す。

「行ってらっしゃい。気をつけてね」

祖母の言葉にこくんと首を振り、みちるは廊下を歩き出した。玄関で靴を履いて外に出ると、祖父が庭弄《いじ》りをしていた。白いシャツにグレイのスラックス、首にタオルを巻いている。

その後ろ姿を改めてじっくり眺め、初めて会った時には黒と白が半々だった髪が、いつの間にかほぼ白くなっていることに気がついた。

みちるがこの本郷《ほんごう》の家に来たのは小学校四年生の時だ。それまでは、山奥と言ってもいい田舎に母とふたりで住んでいた。その母が亡くなり、東京に住む母の両親に引き取られたのだ。父親は、みちるが赤ん坊の時に亡くなっていたので、肉親は祖父母しかいなかった。

あれから三年。

祖父は長年勤めていた国立大学を昨年退職した。いまはほぼ家にいて、本を読んでいるか、碁《ご》を打っているか、庭を弄っているかの、いずれかだ。

「お祖父《じい》さん、行ってきます」

草むしりをしている背中に声をかける。振り返った祖父が黙ってうなずいた。とても無口な人で、滅多《めった》に言葉を発しない。寡黙で無愛想な祖父が、一緒に住み始めた当時はとても怖かった。

いまは、やさしい人だとわかっているけれど……。

『池沢《いけざわ》』の表札が打ちつけられた木の門から外に出たみちるは、閑静な住宅街を歩き出した。

みちるの祖父の家もそうだが、ここ本郷は、お屋敷町と言われるだけあって日本家屋が多い。

瓦葺《かわらぶ》き屋根や白壁、苔《こけ》むした石塀、竹藪——人によっては時代錯誤に感じるかもしれないこの町の風情が、みちるは好きだった。どっしりと古びた感じが、なんとなく落ち着くのだ。

庭付きの家が多いので、至るところで新緑が目につく。春先から引き続き、色鮮やかな花が競うように咲いている。寒くもなく暑くもない、ちょうどいい気候。さわやかな薫風《くんぷう》が頬を撫でる。

それでも、みちるの心は重く沈んだままだった。

一週間以上前から、今朝のスピーチのことを考えて生きた心地がしなかった。日を追って募った緊張が、いまピークを迎えている。上手く呼吸ができなくて息苦しい。

極端なあがり症なのに、人前で、しかもクラスメイト全員の前で話すなんて無理。

もう本当に無理だ。できることならこのままどこか遠くへ行ってしまいたい。

そう思うけれど、小心な自分が、そんな大胆な行動に出られないこともわかっていた。

ただでさえ猫背なのに、今朝はひときわ俯き加減で歩いていると、「みちる！」と声がかかる。

顔を振り上げた先——このあたりでは比較的めずらしい現代風の建物の外門から、ふたりの少年が出てくるところだった。

「希月《きづき》、峻仁」

少年たちはみちると同じ制服を着ていた。襟と前立てにグレイのラインが入っている濃紺の詰め襟。

同じ制服なのに、スタイルのいい彼らが着ているとまるで別物に見える。長い脚で自分に歩み寄ってくる彼らを、みちるはぽーっと眺めた。その瞬間だけ憂鬱《ゆううつ》な気分がどこかへ消える。

「うっす」

緩やかなウェーブのかかった栗色の髪の少年・賀門《がもん》希月が片手を挙げた。薄茶色の瞳と、いつも楽しそうに口角が上がった唇が、持ち前の明るさを引き立てている。中学に入って背がぐんと伸びたけれど、やんちゃっぽい雰囲気は初めて会った頃と変わらない。

「おはよう」

さらさらの黒髪の少年も挨拶《あいさつ》をしてきた。賀門峻仁。黒い瞳は理知的な輝きを放ち、整った顔立ちはどこか中性的だ。身長は希月とほぼ同じだけれど、峻仁のほうが全体的にすらりとしている。

「おはよう」

みちるも挨拶を返した。

彼らは双子だ。顔はあんまり似ておらず、それぞれタイプが違うが、美形という点は共通している。人を惹きつける不思議なオーラがあるところも。

東京の小学校に転校してすぐ、席が近くてたまたま家が近所だったことから親しくなった。

人見知りのみちるにとって双子は唯一の友達であり、朝こうして一緒に学校に通うのも、小学校の頃からの習慣だ。

「タカの日直のせいで三十分も早起きしちゃったよ。ねみー」

ぼやく希月に、峻仁が「キヅは日直じゃないんだからつき合わなくてよかったのに」と冷ややかに返す。小学校の時は、一学年ひとクラスしかなかったこともあって、双子とみちるは卒業まで同じクラスだった。だが中学は一学年に三クラスあるので分かれている。みちると峻仁がAで、希月がBだ。

「んなこと言ったって、母さんに起こされちゃったし」

そのやりとりで「スピーチ」の憂鬱を思い出し、ふたたび気分が沈んだみちるは、ふたりに並んでトボトボと歩き出した。みちるを挟んで両側に双子がお決まりの並びだが、中学に入って双子の身長がめきめき伸びたので「凹」みたいな見た目になっている。

「みちる、なんか暗いね。なにかあった？」

三人で歩き出してほどなく、峻仁が尋ねてきた。聡《さと》くて勘がいい峻仁には隠し事ができない。

「……今日、日直だから……」

「日直だから？　なんだよ？」

弟の峻仁とは違って、マイペースの希月が不思議そうに訊いた。

「もしかしてスピーチ？」

みちるより先に、峻仁が答えを告げる。日直でピンと来たらしい。

「スピーチって？」

「日直がホームルームの時、一分間スピーチするだろ？　今日は僕とみちるが日直だから」

「あんなのテキトーなこと言ってりゃいいじゃん。みんなそうしてるし」

希月がまさしく適当なことを言った。

「…………」

下を向くみちるを、峻仁が「それができないから悩んでいるんじゃないか」と庇ってくれる。

「キヅだってみちるがそういうの苦手なのわかってるだろ？」

「わかってるけどさー、いつまでもそんなじゃだめじゃん。みちる、入学してから俺たち以外としゃべってないだろ？」

希月に突っ込まれ、みちるはますます項垂《うなだ》れた。そのとおりなのでなにも言い返せない。

生まれ育った場所は、同じ年頃の子供が自分しかいないような過疎の村だった。当然ながら学校はなく、遠距離通学で町の小学校に通ったが、クラスメイトの話題についていけず、最後まで馴染めなかった。ひとりぼっちで過ごした三年間で、もともと内向的な性格だったのが、いよいよ引っ込み思案になった気がする。

東京に来てからも、「暗い」「眼鏡チビ」「なに考えてるのかわかんない」などと陰口を言われているのは知っていた。

面と向かって詰《なじ》られなかったのは、双子という守護神がいたから。

双子がいなかったら、自分は間違いなくいじめの対象になっていたと思う。

そもそもこんな自分が、彼らと友達であることがイレギュラーなのだ。

(釣り合ってないって……わかってる)

「みちる、スピーチは僕がフォローするから」

ますます暗くなったみちるを気遣って、峻仁がそう声をかけてくれた。

峻仁は、明るくて誰からも好かれる希月と違って滅多に笑顔を見せないから、女子に「タカくんってクール」とか言われているけど、自分にはやさしい。たぶん自分がだめ過ぎるからだと思うけれど。

「……ありがとう」

峻仁に礼を言ったあとで、「でも」と継ぐ。ぐっと両手を握り締め、みちるは顔を上げた。

「自分で……がんばってみる」

「みちる」

峻仁が目を瞠《みは》る。希月も意表を突かれた表情をした。

希月の言うとおり、いつまでもこのままじゃだめだ。甘えてちゃだめなんだ。

自分の存在が、ふたりの評判まで落とすのは嫌だ。

釣り合わないのは仕方がないけれど、せめてふたりの足を引っ張りたくなかった。


到着した学校のグラウンドでは、サッカー部が朝練をしていた。

練習風景を横目に、校舎に向かって歩きながら、そういえば……と思い出す。

昨日も教室にサッカー部の二年生がやってきて、峻仁を勧誘していた。断られてがっかりして帰っていったっけ。各運動部の先輩が玉砕《ぎょくさい》するのを見るのは、この二ヶ月で一回や二回じゃなかった。

双子は部活に入っていないけれど、小学校の時からふたりの足の速さは群を抜いていたし、体育の授業を受ければ抜きん出て身体能力が高いので、学年を越えて噂が広まっているらしい。

希月のところにも運動部のスカウトが押しかけているようだ。

でも、ふたりとも頑《かたく》なに拒み続けている。どんなスポーツでもふたりなら即レギュラーが取れるだろうし、運動音痴の自分からしたら、帰宅部はもったいないと思ってしまうのだが。

「いろいろ面倒じゃん。上下関係とかも厳しそうだし」

前に「なんで？」と訊いた時に、希月から返ってきた答えだ。なんとなく「らしくない」と思ってしまった。前向きな希月らしくない。でも、それ以上は突っ込んで訊けなかった。

峻仁は例によってクールに「放課後まで学校に縛られたくない」と言っていた。

小学校の時にはそれぞれにファンクラブがあったくらいに人気者の双子だが、不思議なことに、親しい友人を作らない。みちると違って、教室ではみんなの輪の中心となってわいわい楽しげにやっているが、放課後一緒に遊んだり、お互いの家を往き来するような仲なのは、みちるだけだ。

これは本当に不思議なことだった。男女ともに仲良くなりたい子はいっぱいいるのに、ふたりは彼らとさりげなく距離を取っている。携帯を持っていないので、オンラインの輪からも外れている。

なんでだろうと疑問を持つのと同時に、心の奥底で、その状況をうれしく思ってしまっている自分がいる。

もし、双子が誰かと特別に親しくなったら、きっと自分なんて忘れられてしまうから……。

こんな卑屈《ひくつ》な想いを抱く自分が嫌でたまらないけれど。

そんなことをうだうだ考えているうちに昇降口に着いた。

脱いだ靴を片手に、自分の下駄箱を開けたみちるは、右隣でやはり下駄箱を開けた峻仁が、つと眉をひそめたのを目の端で捉えた。

（あ……）

峻仁は一瞬で無表情に戻り、下駄箱の中に手を入れて、ピンク色の封筒を取り出す。シールがたくさん貼られたその封筒を慣れた手つきでスクールバッグにしまった。

ラブレターだ。

反射的に左を見たら希月も、こっちは白い封筒をスクールバッグにしまっていた。

いまどき下駄箱にラブレターなんて……と思うけれど、双子は携帯を持っていないから、直接言うか、手紙で告白するかしかないのだ。

とにかく双子はモテる。同じ学年の女子だけじゃなく、二年や三年の先輩からも手紙をもらっているらしい。本人たちは言わないけれど、クラスの男子がそう噂していた。

休み時間になると、他のクラスや学年から女子が峻仁を見に来るので、みちるもそれは実感していた。たまにAクラスとBクラスで合同の体育の時間があるが、双子がなにかやるたびにキャーキャー騒いで大変だ。そこまで人気があると、普通は同性にやっかまれるのかもしれないが、双子の場合は男子も「あいつらじゃなー」と諦め気味だ。張り合うだけ無駄という空気が流れている。

それも仕方がない。

なにしろ、見た目、運動神経、頭脳、と三拍子揃っているのだ。並みの人間が敵《かな》うはずがない。

(また……断るのかな?)

しょっちゅう手紙をもらったり、告白されたりしているふたりだが、誰かとつき合っている様子はなかった。ちゃんと訊いたことはないけれど、毎日自分と一緒に帰っているということはそうなんだろう。

女子に興味がないんだろうか。

かくいうみちるもまだ好きな子がいないので、「女の子とつき合う」って具体的にどういうことなのか、よくわかっていないのが本当のところだ。

「じゃあ、僕たちは職員室に行くから」

峻仁がそう告げると、希月がみちるに「スピーチがんばれよ」とエールをくれた。

「クラスのやつ、全員かぼちゃだって思え。な?」

肩にぽんと手を置いて励ましてくれる。

「ありがとう」

なんだかんだ言って希月もやさしい。

希月と昇降口で別れたみちると峻仁は、その足で一階の職員室まで行き、担任の席でプリントの束を受け取った。今日使うチョークが入った箱も受け取り、二階の自分たちの教室へ向かう。

「みちる……本当にスピーチ大丈夫？」

「……うん」

教室の前の廊下で念を押されたが、みちるは首を縦に振った。少しの間、切れ長の双眸《そうぼう》でみちるを見つめていた峻仁が「わかった」とつぶやく。

教室にはまだ誰もいなかった。朝練がある生徒は直接部室に行っている。

天井の蛍光灯を点《つ》けた峻仁とみちるは、手分けをして日直業務に取りかかった。黒板に本日の行事や提出物一覧を書きつけるのは、字が綺麗《きれい》な峻仁の分担。みちるは各机にプリントを配った。

窓を開けて空気を入れ換え、教卓を拭き、チョークをセットする。

ひととおりの作業が終わったところで、クラスメイトがぽつぽつと登校してきた。

「おはよう、タカ」

「おはよう」

峻仁が挨拶を返す。

「おはよー、タカくん」

「おはよう」

みんな、みちるのことは、そこに存在していないかのように無視する。峻仁がいるから、露骨《ろこつ》にいじめはしないけれど、自然に無き者として扱う。そんな扱いにみちるも慣れてしまっている。むしろ、そのほうが楽だ。下手に話しかけられても、どう答えていいかわからないから。

クラスの全生徒が揃い、席に着いた頃、チャイムが鳴って担任教師が教室に現れた。ざわついていた教室が静まり、朝のホームルームが始まる。号令をかけるのも日直の仕事だ。

この段階で、みちるの心臓はいまにも破裂しそうにバクバク高鳴っていた。額と背中にみっしり汗が浮き、呼吸が苦しい。

（大丈夫だ。落ち着け……落ち着け）

思い詰めた表情でスピーチの内容をぶつぶつ反芻《はんすう》するみちるを見て、それどころじゃないのがわかったのか、隣の席の峻仁が「僕がやるよ」と請け負ってくれた。

「起立」

よく通る涼やかな峻仁の号令に従い、生徒がガタガタと椅子を引いて立つ。

「礼。——着席」

担任教師に向かって一礼し、着席した。

教壇の担任教師が名簿を見て「今日の日直は神山《かみやま》と賀門か」と言った。

「ふたりとも前に出てきて」

「はい」

峻仁が返事をして立ち上がる。みちるも立ち上がって峻仁を追ったが、緊張のあまりに両手両脚が一緒に出てしまった。ロボットみたいなぎくしゃくとした動きに背後でクスクスと笑い声が起こる。

「……っ」

カーッと頭に血が上り、ますます動きが硬くなった。教壇に上がる際に長めのズボンの裾を踏んで、カクンとこける。誰かがプーッと噴き出した。

「大丈夫か？」

心配そうに声をかけてきた峻仁に、みちるは無言で首をコクコクと振った。小刻みに震える足でどうにか教壇に上がり、黒板を背にして峻仁と並び立つ。

刹那《せつな》、視界にクラス全員の顔が飛び込んできて、背筋にぴりっと電流が走った。

「じゃあ、まず神山からスピーチな」

担任教師の言葉に反応した三十五人分の視線が一斉にみちるに集まる。

（う……わぁ）

こんなにたくさんの視線を浴びたことなどない。

顔が真っ赤なのが自分でもわかった。心臓がドドドドッと早鐘を打つ。

ぱくぱくと口を開閉するも、必死に暗記した言葉がなにひとつ出てこない。

話そうと思っていた内容は、綺麗さっぱり頭から吹き飛んでしまっていた。

「あ……あ……」

なんだあいつ？　なにやってんの？　と言いたげなみんなの白い目が突き刺さる。

もう泣きたかった。こんなことすらできない自分が……情けなくて……惨《みじ》めで。

フリーズしたパソコンみたいに硬直していると、担任教師が「神山？　どうした？」と訝《いぶか》しげな声を出した。

冷たい汗がどっと噴き出し、全身を襲うさざ波のような痙攣《けいれん》が止まらない。

動悸がどんどんひどくなって、呼吸が苦しくて。

(息が……できない)

みちるは無意識に喉許を押さえた。汗でびっしょり濡れている。

「神山？　どうしたんだ？　神山？」

「みちる？　どうした？」

自分を呼ぶ声がだんだん遠ざかっていく。それに従い、視界がぐにゃりと歪んだ。周囲がふっと暗くなる。

「みちるっ！」

峻仁の大きな声を最後に、みちるは意識を失った。


気がつくと保健室のベッドに寝ていた。

「気がついた？」

のろのろと目を開けたみちるに、誰かが声をかけてくる。自分を上から覗き込んでいる養護教諭の女の先生と目が合った。眼鏡がないので顔がぼやけて見える。

「……ぼく……」

「きみね、ホームルームで倒れたのよ。極度に緊張するとパニック症状が出るのかな。続くようなら、一度ちゃんとした病院で診《み》てもらったほうがいいかもしれない」

「…………」

いままで倒れたことはないけれど、ここまで緊張する状況に直面したのは初めてだったので、そのせいかもしれない。

みちるは上体を起こしてブランケットを剝《は》いだ。枕元に置いてあった眼鏡をかけ、壁の時計を見上げる。一時限目が始まって二十分が過ぎていた。

「あの……もう大丈夫です。教室に戻ります」

「いまは脈拍も呼吸も正常だし大丈夫だとは思うけど。誰か呼ぼうか？」

「いえ……授業中ですから。……ありがとうございました」

養護教諭に礼を言って保健室を出た。このまま教室に戻れば、残りの半分は授業が受けられる。

でも、あんな醜態《しゅうたい》を晒したあとで、クラスに戻るのは……。

ドアを開けた瞬間に自分に向けられるであろう――嘲笑《ちょうしょう》や蔑《さげす》みの眼差しを想像しただけで足がすくむ。

今日のスピーチを成功させられたら変われるような気がしていた。

そのためにも絶対やり遂げたかった。

（なのに……）

スピーチを成功させるどころか、その前の段階だ。格好悪い。みっともない。最低だ。

鼻の奥がつーんと痛くなってじわっと涙が滲《にじ》む。ずずっと洟《はな》をすすり上げ、みちるは静まり返った廊下を歩き出した。

とにかくいまは、誰の目も届かない場所に行きたい。しばらくひとりで身をひそめていたい。

ひとりになれる場所を求めてふらふらと校内を歩き回り、校舎裏の体育倉庫に辿り着いた。いつもは鍵がかかっている体育倉庫は、今日はなぜか扉が薄く開いている。

吸い寄せられるように鉄の扉に近づき、隙間から中を覗き込んだ。とたん、鼻孔をつく異臭に顔をしかめる。

(なんだ？　なんか煙い)

クンクン匂いを嗅いでいると、「誰だっ」と鋭い声が飛んできた。びくっと身をおののかせ、後ろに片足を引いた瞬間に、ぐらっと体が傾ぐ。みちるがバランスを崩して尻餅をついたのとほぼ同時に、扉がガラッと大きく開いた。

「………っ」

上級生の男子だ。名前は知らないけれど顔は知っている。なぜなら校内でも有名な不良だから。

不良というものを、みちるは中学に入って初めて知った。小学校にはいなかった存在。

髪をオレンジに脱色した不良の後ろから、眉を剃ったもうひとりが顔を覗かせた。

「誰だ……このクソチビ」

「しらねー。一年じゃね？」

眉ナシが「ちっ」と舌を鳴らし、「一本消しちまったじゃねーか」と吐き捨てる。

その段で遅まきながらみちるは気がついた。彼らが授業をサボって喫煙していたことに。

(タバコ……吸ってたんだ！)

余りにも自分とはかけ離れた世界の住人だ。初めて間近に見た本物の不良を、思わずまじまじと見つめてしまう。

「なに見てんだこら！」

凄まれて飛び上がり、「す、すみませんっ」と反射的に謝った。

「こんなチビ、ほっとけ。どーせチクる根性もねーよ」

オレンジが眉ナシの肩を叩き、みちるもコクコクとうなずく。眉ナシが「だな」と肩をすくめた。

「とっとと行け！」

顎《あご》をしゃくられ、よかった、絡まれずに解放されて……とほっとした時。

「なに騒いでんのよ？」

男たちの後ろから女の声が聞こえた。中にもうひとりいたのだ。しかも女子！

びっくりしていると、オレンジと眉ナシの間から、セーラー服の女子が姿を現した。

マスカラとリップでメイクされたその顔には見覚えがある。

向こうもみちるを見て「あっ」と声をあげた。

「金魚のフン！」

「なんだ？　ユイ、こいつ知ってんのか？」

「名前とか知らないけど、双子の金魚のフンだよ。いっつも双子にべったりくっついてて、ちょー邪魔くさくてウザいの！」

「双子って、あの一年のか？」

オレンジが訊く。ふたりの存在は上級生の不良にまで知れ渡っているらしい。

「そう。あたし、タカのファンなんだ。何度か手紙も渡したし、直でもコクったんだけどフラれて」

そうだ――思い出した。峻仁のところに日参してくる上級生のひとりだ。

「だせーっ」

「一年のガキにフラれてやんの！」

オレンジと眉ナシに嘲笑されたユイがむっとして、「うっさいなっ」と叫ぶ。

「あたしだけじゃないよ。ふたりとも誰にも落ちないんだよ。めっちゃクールなの。……そこがいいんだけど。なのにこいつだけは特別なんだ。いっつも三人でつるんでんだよ」

「こいつが特別ぅ？」

オレンジと眉ナシの顔に怪訝《けげん》な表情が浮かぶ。

「おかしいよね？　意味不明だよ！　許せないんだよビジュアル的に！」

興奮してきたのか、ユイの声がどんどん大きくなった。

「近くで見たらもっと腹立ってきた！　こんなブサチビとかあり得ない！　キモいんだよ。あんたさ、自分が双子のレベル下げてるってわかってんの？」

ぐいっと距離を縮めてきたユイの迫力に圧され、みちるはじりっと後ずさる。女子だけど、ユイのほうがみちるより十五センチは背が高い。体重だって絶対重い。

「はっきり言って邪魔なんだよ！」

どんっと胸を小突かれ、よろけた。オレンジと眉ナシはにやにやしながら、その様子を眺めている。

「……双子から離れなよ！　あんたから離れなよ！」

ヒステリックな恫喝《どうかつ》に、しかしみちるは歯を食いしばって首を横に振った。

それはできない。釣り合わないってわかってるけど……離れたくない。

ふたりは生まれて初めてできた友達だ。大切な……大切な友達だ。

首を振り続けるみちるにユィは苛立ちを隠さず、ぐいっと制服の胸座《むなぐら》を摑んだ。摑んだまま、オレンジと眉ナシを振り返る。

「ちょっとぉ、あんたたち手伝ってよ」

「なにをだよ？」

ユイがマスカラで黒ずんだ目でみちるを睨《にら》みつけた。

「こいつにわからせるんだよ。自分がどんなに目障《めざわ》りかってことを」


「みちるがいない？」

Bクラスの教室の後方ドアに立った希月が眉根を寄せた。昼休みが始まったばかりで、教室の中では生徒たちが机を寄せ合い、弁当やパンを食べ始めている。

「どういうことだよ？」

希月に詳しい説明を求められた峻仁は、経緯を話した。

みちるが朝のホームルームで倒れたこと。そのまま担任教師と一緒に保健室に運び、峻仁は教室に戻った。様子が気になったが、日直の仕事もあり、保健室に行けないまま午前中を過ごした。

その間、みちるは戻ってこなかった。

「四時限目が終わってから……つまりさっき保健室に様子を見に行ったんだ。そうしたら養護教諭の先生がとっくに戻ったって」

「だって戻ってないんだろ？」

峻仁は思案げな面持ちで「うん」とうなずく。

「先生の話だと一時限目の途中には保健室を出たらしい」

「ずいぶんと前じゃん」

希月が鼻の頭を指で掻く。

「……なんですぐに戻らなかったんだろ？」

「クラス全員の前でスピーチ失敗しちゃったから、みんなと顔を合わせづらかったのかも」

「ショックでそのまま家に帰っちゃったとか？」

「可能性はある」

峻仁の賛同に、希月が難しい顔をする。

「このまま登校拒否とかになっちゃったらヤバイな。みちる、気にしぃだから」

「とにかく、帰りにみちるの家に寄ってみよう。どのみち教室に置きっぱなしのスクールバッグを持っていかないといけないし」

「了解」

希月と別れた峻仁は、教室に戻ってひとりで弁当を食べた。いつもはみちると向かい合わせで食べて、おかずの交換をしたりするから、ひとりぼっちの弁当はなんだか不思議な感じだ。他のグループがこっちに混ざれば？　と誘ってくれたが断った。一度でも応じれば、次からも誘われる。結果、みちるの居場所がなくなるのはまずい。

（みちる……今頃部屋でへこんでるんじゃないかな）

布団を被ってめそめそしている図が脳裏に浮かぶ。

峻仁が知る限り、みちるほど純粋で聡明な人間はいない。

だがその分、神様はバランスを取るかのように、人並み以上の不器用さを与えた――と双子は思っている。

みちるの性格を誰よりわかっているのに……失敗した。

やっぱりもっとちゃんとケアすべきだった。

いつになく、みちるが強い意志を宿した顔つきで「自分でがんばる」と言うから、手を引いてしまったけれど。

せめて自分が先にスピーチすれば、場もあったまって、みちるもあそこまで緊張することはなかったかもしれない。事前に先生に掛け合えばよかった。

ふっと息を吐いた峻仁は、頭を切り替えるように努める。

（……過ぎてしまったことを悔やんでも仕方がない）

希月と一緒になるべく早くみちるの家に行って、元気を出すように励まそう。

だが二時間後、峻仁の思惑は根本から覆《くつがえ》された。

みちるのスクールバッグを持って、彼の家に立ち寄った双子は、玄関口で祖母に「まだ帰ってきていないわよ」と言われたのだ。

「あの子、一緒じゃないの？」

不安そうな表情を見て、峻仁はとっさに「……今日は別々に帰ったので」と嘘をついてしまった。

希月が、いいのかよ？　と言いたげな顔をしたが無視する。

みちるが倒れたこと、保健室から行方がわからなくなったことを話したら、お祖母《ばあ》さんはきっとすごく心配する。ことによっては警察に連絡したりして、大事になってしまうかもしれない。

そんなことになったら、みちるがいよいよもって帰りづらくなる。

「そう……めずらしいわね」

「みちるくんに渡すものがあるので、帰ったらうちに電話するように伝えてもらえますか」

「わかったわ」

みちるの家を出たとたん、希月が「なんで嘘ついたんだよ？」と責めてきた。両肩に、みちるのと自分のと、ふたつのスクールバッグを掛けている。自ら「俺が持つよ」と名乗り出たのだが、さっきはみちるのスクールバッグがちょうど峻仁の陰になっていて、お祖母さんに見つからずに済んだ。

「みちるのお祖母さん、心配性だからさ。本当のこと言ったら警察に連絡とかしかねない」

「うーん……そっか。そんな騒ぎになったら、みちるのやつますます畏縮しちゃうよな」

希月もみちるの性格は把握し尽くしている。

「いまはまだ帰りづらくてどこかをぶらついてるのかもしれないだろ？」

推測を口にする峻仁に、希月が「もう少し待ってみる?」と訊いた。

「いや……心当たりを捜してみよう」

その後ふたりは、みちるが立ち寄りそうな場所をしらみつぶしに当たった。みちるのことは誰よりも自分たちがわかっている。この三年間、ほとんどの時間を一緒に過ごしてきたのだ。

三人が通った小学校、よく遊んだ近所の公園、空き地、神社、図書館を巡ったあと、駅前にも足を伸ばし、本屋やビデオレンタルショップを覗いた。

気がつけば陽が暮れ、周囲は暗くなっていた。心当たりはすべて空振りに終わり、双子は一度自宅に戻ることにした。家に戻ったみちるから連絡が入っているかもしれないと思ったからだ。

こんな時、自分たちもだが、みちるが携帯を持っていないのが不便だった。

「「ただいまー」」

「おかえり。遅かったな。もうごはんだよ」

玄関まで出迎えてくれた母さんに、「みちるから電話あった?」と尋ねる。

「みちるくんから? いや、ないよ」

顔を見合わせる双子に、母さんが「なにかあった?」と聞き返した。

「みちるが学校からいなくなっちゃって」

峻仁が切り出すと、母さんの顔色が変わる。

「ちゃんと説明して」

促されるままにここに至るまでの経緯を説明した。話し終わると、母さんが腕時計を見る。

「もう六時過ぎてるし……心配だな」

少しの間考え込む表情をしていたが、不意にエプロンを外した。

「ちょっと近所を捜してくる。――士朗《しろう》！」

階段の下から父さんを呼ぶ。しばらくして二階の仕事部屋から父さんが降りてきた。

「どうした？」

「みちるくんがいなくなっちゃったらしいんだ」

母さんが、峻仁の説明を父さんに伝える。

「捜そうにも池沢さんのところはご高齢だから、夜分は難しいと思うんだ」

「そうだな。俺たちが行こう」

父さんの決断は早かった。懐中電灯を持ち、靴を履く両親に、峻仁は「僕たちも行くよ」と言った。

希月も「俺も行く！」と名乗り出る。だが、父さんに「みちるくんから電話があるかもしれないから、おまえたちは家にいなさい」と言われてしまった。

「ハンバーグにラップかけて置いてあるから、炊飯器のごはんをよそって先に食べてて」

母さんが指示を出す。

「もしみちるくんから連絡があったら父さんの携帯に電話しろ」

そう言い置いて、ふたりは出て行った。

残された双子は、ハンバーグを食べる気分にはなれず、制服も着替えずにリビングや廊下をうろうろした。

（……まさかとは思うけど）

どこかのマンホールに落ちた――とか。みちるは運動神経が鈍いから、それもあり得る。

もし大けがをして動けないのだとしたら……一刻を争う状況かもしれない。

落ち着かない心境のまま、ふたりで立ったり座ったり、うろついたりしている間に一時間が過ぎる。

相変わらず電話は鳴らない。と、その時。

ピッ。

ちょうど固定電話の側《そば》にいた希月が素早く反応して受話器を摑んだ。峻仁も駆け寄る。

「もしもし？」

希月の持つ受話器に耳を寄せると、みちるの祖母の声が漏れ聞こえてきた。

『みちるがね、帰ってこないの。こんな時間まで帰ってこないのは初めてで……いまね、もう少し待って戻らないようなら主人と警察に相談しようかって話をしていたところで』

不安そうな声に峻仁の心臓もトクンと脈打つ。やっぱりまだ帰っていないのだ。

これはもう、本当に警察に相談したほうがいいのかもしれない。

「……僕らも捜してみますので。はい……はい。こちらからも連絡します」

受話器を下ろした希月が、峻仁を振り返る。腹をくくったような表情で口を開いた。

「俺たちも捜しに行こう」

「でも……心当たりは全部捜して見つからなかっただろ？」

「だから捜し方を変える。俺たちはみちるの匂いを誰より知ってるだろ？」

とんでもないことを言い出した兄を、峻仁は瞠目《どうもく》して見つめる。

こういった時の、希月の大胆な発想にはいつも驚かされるけれど。

「……ってまさか……」

「友達のピンチなんだ。叱られたってやるしかない」

決意を秘めた面持ちで希月が言い切った。


あれからどれくらいの時間が経ったんだろう。

腕時計もしていないし、携帯も持っていないから、時間を確かめようがなかった。

ユイの指示を受けたオレンジと眉ナシに両側から挟まれるようにして引っ立てられ、学校から五分ほどの「ここ」まで連れて来られた。

閉鎖された町工場に忍び込んだユイたち三人は、シャッターをこじ開け、みちるを建物の中に押し込めたのだ。

「ここで反省しな!」

ユイにそう言われたが、なにをどう反省すればいいのかわからない。

「ま……待って! 置いていかないでっ」

必死の懇願も虚《むな》しく、シャッターがガラガラと閉まる。そのまま三人は立ち去ってしまい、潰れた町工場の建物内に取り残されたみちるは、なんとかシャッターを開けようとした。だが重いシャッターは、みちるの非力ではピクリともしなかった。

内側からシャッターを叩き、「助けて！」と叫んでもみた。しかし人通りがない場所なのか、外からの反応はなかった。仕方なく、シャッター以外の出口を求めて室内を探索した。

だが探し当てたドアも窓も、外から鍵がかけられていた。窓はガラスに金網が入っていて、割るのは困難だ。

万策《ばんさく》尽きたみちるは、コンクリートの床に腰を下ろし、背中を壁に預けた。なにに使うものかわからない工具や工業用の機械をぼんやり眺めているうちに、いつしかずるずると横倒しになり、眠ってしまったらしい。朝から緊張のし通しで疲れたのと、昨夜眠れなかったせいもあったかもしれない。

ふっと目を覚ました時には、すっかり陽が落ちていた。電気の来ていない室内は真っ暗だ。うす汚れた掃き出し窓から差し込む月の光でかろうじて自分の手が見えるくらい。

（……おなか空いた……）

考えてみれば、朝も食欲がなくて残した上に、昼も食べていない。

もしかして、ユイたちはこのまま戻ってこないつもりなんだろうか。

そうだとしたら、自分はここから出られない。

自分がここにいることをユイたち以外は誰も知らないから、捜しに来てももらえない。

「……どうなっちゃうんだろう」

心細さに、みちるは自分の膝を抱えた。

お祖父さんとお祖母さん、きっと心配しているだろうな。

あとたぶん、峻仁と希月も……。

双子の顔を思い浮かべた瞬間、じわっと目頭が熱くなった。涙が滲んで視界が歪む。

自分の存在が、みんなにとっては目障りだと、今日改めて思い知らされた。

格好よくて賢くてやさしい双子に、自分はそぐわない。みんなそう思っている。

（わかってる。……でも）

離れたくないんだ。わがままかもしれないけど……どうしても。

すんっと洟をすすったみちるはふと、不思議な現象に気がついた。

みちるの視線の先にある掃き出し窓――そこにいま、ふたつのシルエットが映り込んでいる。

月明かりに映し出された影は、長い顔とピンと立った耳を持っていた。大型の犬のようだ。

野犬ってことはないだろう。そんなものが二頭もうろうろしていたら、すぐに捕まるはず。

ということは飼い犬。

もしかして飼い主が近くにいる？

勢いよく立ち上がったみちるは、掃き出し窓に駆け寄り、ガラスをどんどんと叩いた。

「助けて！　誰かっ……助けて！」

すると、鳴き声ひとつ立てずに、犬のシルエットがすっと消えた。

「………あ」

期待を込めてしばらく待ってみたけれど、飼い主が現れる気配はない。

あの犬たちが飼い主に知らせに行ってくれたなんて……そんなわけないよ。

自分で自分の発想に駄目出しをして、がっくり肩を落とす。トボトボと引き返し、ふたたび壁際に腰を下ろそうとした時だった。

シャッターの向こうからガシャン、ガチャンという物音が聞こえてきた。

「…………っ」

みちるは飛び上がってシャッターに突進した。きっと飼い主がさっきの声に気がついてくれたんだ！

「ここです！　ここにいます！」

自分の存在を主張し、固唾《かたず》を呑んで待っていると、ガラガラと重い音を立ててシャッターが上がる。

月明かりの逆光の中、すらりとした人型のシルエットがふたつ見えた。

（……え？）

見覚えのあるシルエットに、みちるは両目を瞬かせる。

「……峻仁？　希月？」

そこに立っていたのは、制服姿の親友ふたりだった。

（な……なんで？）

虚《きょ》を衝《つ》かれている間に中に入ってきた峻仁が「みちる！」と呼ぶ。

「見つかってよかった！」

続けて入ってきた希月も、安堵の表情で「よかったぁ」と言った。みちる自身も助かったことにすごくほっとしていたけれど、第一声としては疑問が口をつく。

「ど、どうしてここがわかったの？」

ふたりが顔を見合わせ、同時にみちるを見た。

「放課後からずっと捜してて……」

峻仁の言葉を希月が引き取る。

「最終的には勘かな。みちる、俺たちのこと呼んだだろ？」

「呼んだっていうか……ふたりのこと考えてた」

「ほらな？」

希月がにっと笑って、みちるの背中を叩く。

なんとなく釈然《しゃくぜん》としないものを感じたけれど、それを口にする前に峻仁が「みちるこそ、どうしてここに閉じ込められてたの？」と尋ねてきた。

みちるが経緯を説明すると、希月が「なにそいつら！」と怒りを露《あらわ》にする。

「……ひどいね」

峻仁も黒い瞳に憤《いきどお》りを浮かべた。

「明日、学校に行ったら先生に事情を話そう」

「そうだな。サボってタバコ吸ってただけでも問題だし」

「自分たちの軽はずみな行いが、大変な事態を引き起こしたかもしれない可能性について思い知るべきだよ」

冷ややかな声でそう告げた峻仁が、ふと顔をしかめ、みちるに向かって謝ってきた。

「巻き込んじゃってごめん」

「え？」

「もとはと言えば僕たちのせいで」

「うん、みちるはとばっちりだよな」

希月も申し訳なさそうに言う。みちるはびっくりして大きく首を振った。

「そ、そんなことないよ！　それにぼくは……ふたりと一緒にいられるだけでうれしいんだ」

心からの言葉だとわかったのか、ふたりの表情が和らぐ。

みちるは改めてふたりの掛け替えのない親友に礼を言った。

「見つけてくれてありがとう。うれしかった」

ふたりが笑う。つられてみちるも笑った。

「じゃあ帰ろうか。みちるのお祖父さんとお祖母さんも心配しているし、うちの父さんと母さんにもどこかから連絡入れなきゃ」

外に出る峻仁を追いながら、希月が「やっぱ携帯欲しいよなー」とぼやく。

シャッターをくぐって外に出ると、夜空に浮かぶ月は丸かった。

「あ」

煌々《こうこう》と光る満月を見上げて、みちるはつぶやく。

振り返った希月が「なに？」と訊いた。

「犬見なかった？」

「犬？」

「二頭の……わりと大きいやつ。さっき掃き出し窓に映り込んでて……」

希月と峻仁がふたたび顔を見合わす。すぐにみちるに視線を転じた双子が、満月を背に見事に声を揃えて言った。

「「見てないよ」」

あとがき

このたびは『「情」～Emotion～』をお手に取ってくださいましてありがとうございました。

デビュー十五周年を記念して単行本を……というありがたいお話を頂戴し、どのような本にしようかと迷った時、たまたまふたつのシリーズ名が「発情」「熱情」と「情」かぶりしているところから、シリーズ合同本を出そうという発想を得ました。感情や愛情、情けや情欲、事情、おもむきなど、さまざまな意味を内包する「情」は、私が小説を書く上でのテーマでもあります。

ふたつのシリーズのコラボレーションを形にするにあたって、各シリーズでイラストをお願いしている円陣闇丸先生、北上れん先生に、今回もご尽力いただきました。

お忙しいところ無理をお願いしてしまいましたが、美しい線画の競演に、ただただ息を呑むばかりです。私も、そしてキャラクターたちも本当に果報者です。またデザイナーの内川様には「青い本」という漠然としたリクエストを、まるで私の脳内を透視したかのように具現化していただきました。

このような機会を与えてくださいましたリブレ出版編集部、関係者各位に感謝を。なにより、デビューより岩本薫という作家を根気強く支えてくださいました皆様に心より御礼を申しあげます。

おかげさまで作家生活の集大成ともいえる一冊を上梓することができました。

今回はとりわけ、作家として少しでも前へ進めているのだろうかと自分に問いかけながらの執筆になりました。少しでも……進んでいればいいなと思います。そしてこの十五周年をひとつの区切りとして、また小さな一歩を踏み出していきたいです。

皆様にもおつきあいいただけましたら大変に心強いです。

二〇一四年　十六年目の春に　　岩本 薫

『発情＋熱情短編集「情」〜Emotion〜』をお買い上げいただきましてありがとうございます。
この本を読んでのご意見・ご感想をお待ちしております。
〒162-0825　東京都新宿区神楽坂6-46　ローベル神楽坂ビル 5F
リブレ出版（株）内　編集部

アンケート受付中 >>> リブレ出版WEBサイト　http://www.libre-pub.co.jp

初出
好きの永遠……岩本薫フェア2009小冊子「Love and Eternity」掲載
不器用な劣情……書き下ろし
不埒で野蛮……ドラマCD「不遜で野蛮」付録小冊子掲載作品を加筆修正
騎士は野獣……書き下ろし
Baby Rhapsody【峻王×侑希】……2012年ビーボーイノベルズ萌エロ保証フェア特典小冊子掲載
仰げば尊し……BBN「蜜情」特典ペーパー掲載
獣情……書き下ろし
Baby Rhapsody【賀門×迅人】……BBN「蜜情」特典ペーパー掲載
Little Christmas……アニメイト ガールズフェスティバル2012限定本「Libre Premium 2012 PEARL PLATINUM」掲載
Happy Special Day……書き下ろし
Take the dog for a walk……ビーボーイノベルズフェア2013特典小冊子掲載
キヅタカ日記……小説b-Boy（'13年11月号）付録
岩本薫作家生活15周年記念小冊子「W」掲載
月に吠える……書き下ろし

発情＋熱情短編集「情」〜Emotion〜

著者名　岩本 薫

発行日　2014年3月19日　第1刷発行

発行者　太田歳子

発行所　リブレ出版株式会社
〒162-0825 東京都新宿区神楽坂6-46　ローベル神楽坂ビル
電話　03-3235-7405（営業）　03-3235-0317（編集）／FAX　03-3235-0342（営業）

印刷・製本　株式会社光邦
装丁・本文デザイン　内川たくや（ウチカワデザイン）
企画編集　安井友紀子

Printed in Japan
ISBN 978-4-7997-1463-8